BLUTIGE BESCHERUNG

MISS DOLITTLES GEHEIMNIS
BAND 9

MOLLY FITZ

KATZENGEHEIMNISSE

ÜBER DIESES BUCH

Ho-ho-ho! Weihnachten und ein Doppelmörder stehen vor der Tür …

Nirgends werden die Weihnachtstage so gefeiert wie in Glendale, meiner kleinen Stadt in Blueberry Bay an der Ostküste von Maine. Zufällig sind wir absolute Meister darin, alles wunderschön festlich zu schmücken, insbesondere den riesigen Weihnachtsbaum im Stadtzentrum.

Ja, und außerdem veranstalten wir einen spektakulären Weihnachtmarkt, der von Jahr zu Jahr mit noch mehr Attraktionen aufwartet. Dieses Mal allerdings werden sich alle nur an eines dort erinnern: die beiden Leichen, die plötzlich in der Mitte des Eisskulpturengartens auftauchen.

Und da die ganze Stadt auf den Beinen ist, befinden sich unzählige Personen in unmittelbarer Nähe des Tatorts – das heißt, jeder ist erst einmal verdächtig. Auch ich selbst gerate ins Visier, denn mein Kater und ich haben die Mordopfer entdeckt. Wird es mir gelingen, den Fall mit Hilfe meiner verrückten Groß-mutter, meiner frisch gebackenen Cousine, meines übereifrigen Chihuahuas und meines sarkastischen Stubentigers zu lösen und Weihnachten zu retten?

Haltet euch fest, denn dieser Fall wird eine wilde Schlittenfahrt!

ANMERKUNG DER AUTORIN

Hallo. Danke, dass du dieses Buch gekauft hast. Wenn du ebenfalls ein großer Fan von spannenden, schrägen Tierkrimis bist, sollten wir unbedingt Freunde werden.

Wie wäre es, wenn du direkt einmal meine Facebook-Seite besuchst, die ich speziell für meine treuen deutschen Leser eingerichtet habe? Hier der Link dazu: **Facebook.com/Katzengeheimnisse**

Oder melde dich für meinen Newsletter an und sichere dir als Abonnent gratis ein digitales Geschenkpaket, einschließlich einer exklusiven Kurzgeschichte über Octocat: **Katzengeheimnisse.com/Abonnieren**

Ich bin sicher, wir werden eine Menge

Spaß miteinander haben. Also schnell umblättern ...

Wir sehen uns dann auf der nächsten Seite.

MOLLY

1

allo. Ich bin Angie Russo, und auch wenn es vielleicht nicht direkt den Anschein hat, bin ich wahrscheinlich einer der ungewöhnlichsten Menschen, die euch jemals begegnen werden.

Warum?

Tja also, wie viele andere Leute kennt ihr denn, die mit Tieren kommunizieren können? Und ich meine nicht bloß, dass ich einen besonderen Draht zu Katzen, Hunden, Vögeln et cetera habe. Nein, wir führen echte Gespräche und lösen sogar gemeinsam Verbrechen! Aber ich will noch nicht zu viel verraten.

Meine besondere Fähigkeit soll nämlich unbedingt ein Geheimnis bleiben, und deswegen bin ich ständig auf der Hut. Nicht weil ich in Gefahr oder so wäre, wenn es jemand erfährt, sondern einfach, weil ich nicht möchte, dass es in der Öffentlichkeit bekannt wird. Also, pst! In Ordnung?

Und nein, ich bin keine Hexe, kein Werwolf oder sonst ein fiktives, übernatürliches Wesen. Ich bin eine ganz normale junge Frau Ende zwanzig, die zufällig durch einen heftigen Stromschlag von einer alten Kaffeemaschine ausgeknockt wurde und danach auf einmal mit Tieren sprechen konnte.

Zuerst funktionierte das nur mit jenem besonderen Kater Octavius beziehungsweise Octocat, wie ich ihn nenne. Er war mit im Raum, als ich den Elektroschock verpasst bekam. Wir befanden uns zu diesem Zeitpunkt beide bei einer Testamentseröffnung, ich als Anwaltsgehilfin und er als der Hauptbegünstigte.

Als er merkte, dass ich ihn verstehen konnte, erzählte er mir, dass seine Besitzerin, Ethel Fulton, keines natürlichen Todes gestorben war, obwohl das alle dachten. Die reiche alte Dame war ermordet worden, und er brauchte meine Hilfe, um es zu beweisen und Gerechtigkeit für sie zu bekommen.

Das gelang uns schließlich auch, und seitdem sind wir unzertrennlich. Ich wollte Octocat unbedingt behalten, und zum Glück hatten Ethels Verwandten kein Interesse an ihm. Später ergab es

sich außerdem, dass wir Ethels stattliche Villa übernehmen konnten, wo wir nun wohnen.

Wir teilen uns das Haus mit meiner exzentrischen Großmutter, die sich gerne von allen mit „Grandma" anreden lässt. Vor ein paar Monaten haben wir außerdem einen Chihuahua namens Paisley aus dem Tierheim gerettet und adoptiert. Sie ist ein süßer kleiner Schatz und würde nie ein böses Wort über jemanden verlieren, ganz im Gegensatz zu Octocat, der sich gerne mit zynischen Kommentaren einmischt.

Obendrein lebt in unserem Garten ein frecher Waschbär namens Pringle. Früher hauste er unter der Veranda, aber dann hat er uns erpresst, bis wir ihm ein eigenes Baumhaus gebaut haben – zwei Baumhäuser nebeneinander, wenn man es genau nimmt. O Mann, das ist eine lange Geschichte ...

Apropos lange Geschichten, davon könnte ich so einige erzählen, und zwar ziemlich aufregende. Seit Octocat und ich vor ein paar Monaten unsere gemeinsame Detektei offiziell eröffnet haben, ist viel passiert. Auch wenn wir noch keinen einzigen zahlenden Kunden hatten, konnten wir schon jede Menge Ermittlungserfahrung sammeln, denn zufällig stolpern wir von einem Fall zum nächsten. Unser

Spürnasentalent haben wir also schon bewiesen, und darauf kommt es doch letztlich an, oder?

Oh, bevor ich das vergesse zu erwähnen: Ich bin wahnsinnig in meinen neuen Freund und ehemaligen Chef, Charles Longfellow, verknallt – auch wenn ich ihm das noch nicht so direkt gesagt habe. Octocat hingegen führt tatsächlich eine Fernbeziehung mit einer ehemaligen Showkatze namens Grizabella, die sich auch als Mini-Influencerin auf Instagram einen Namen gemacht hat. Und er wird nicht müde, ihr und der Welt mitzuteilen, wie sehr er sie liebt. Inzwischen zieht er mich sogar schon damit auf, wie langsam Charles und ich es im Vergleich zu ihm angehen lassen, was echt nervt.

Im Übrigen haben wir kürzlich herausgefunden, dass Grandma eigentlich weder mit mir noch mit meiner Mutter biologisch verwandt ist. Wir arbeiten noch daran, die Geschichte vollständig aufzuklären. Für sie war es all die Jahre auch ein Rätsel, wie das Schicksal uns zusammengebracht hat.

Das Ganze hat jedoch auch einen erfreulichen Nebeneffekt: Dadurch haben wir herausgefunden, dass wir Familie am anderen Ende des Landes, in Larkhaven in Georgia, haben. Ich wollte sie eigentlich letzten Monat besuchen, aber ein Mord auf der Reise dorthin hat unsere Pläne ein wenig durchkreuzt. Stattdessen stand kürzlich überraschend meine Cousine „Mags" vor der Tür, um für ein paar Wochen, bis zum Jahresende, bei uns zu bleiben.

Mags ist der Hammer, und wir haben sie alle schon voll ins Herz geschlossen, wobei ich sie lieber „Maggie", nenne – Maggie und Angie, das passt doch perfekt. Sie und ich haben so viel gemeinsam und sehen uns so ähnlich, dass ich mich manchmal frage, ob wir nicht eigentlich Zwillinge sind und nicht nur Cousinen.

Sie ist ein paar Jahre älter als ich, und es gibt nichts an ihr, was irgendwie schräg wäre, soweit ich das beurteilen kann. Ihre Familie besitzt ein Kerzengeschäft im historischen Viertel ihrer Stadt, und sie hat versprochen, Grandma und mir beizubringen, wie wir unsere eigenen Kerzen herstellen können, bevor sie wieder nach Hause fährt. Allerdings sind wir bisher noch nicht dazu gekommen, da unser Zeitplan immer ziemlich vollgepackt war.

Zum einen hat Grandma uns mit ihrem Erlebnis-Adventskalender auf Trab gehalten, den sie in einem ihrer Kunstkurse gebastelt hat, und zum anderen ist heute Heiligabend, und wir wollen zum „Christmas Festival" in die Stadt fahren.

Das Festival ist mehr als nur ein großer Weihnachtsmarkt. Es findet dieses Jahr zum zwölften Mal statt und hat in unserer kleinen Stadt Glendale längst Tradition. Die Einwohner aus ganz Blueberry Bay pilgern dorthin, um den gigantischen Weihnachtsbaum im Zentrum und die kunstvollen Eisskulpturen zu bewundern, für die es auch einen Wettbewerb gibt, und um an den vielen kleinen Ständen und in den Geschäften noch ein paar nette Geschenke zu kaufen.

Es gibt dort die tollsten Sachen, von Buden mit heißem Kakao und zahlreichen anderen Leckereien über Zelte, wo gemeinsam Weihnachtslieder aus aller Welt gesungen werden, bis hin zu Signierstunden mit lokalen Autoren.

Diese bunte Mischung ist alle Jahre wieder völlig anders, und das macht das Festival auch so spannend. Ich kann es kaum erwarten, Maggie meine Heimatstadt von ihrer besten Seite zu zeigen, und hoffe, sie wird sie genauso lieben wie ich. Und jetzt geht es los!

Mit einem Schmatzen betrachtete ich den frisch aufgetragenen Lippenstift in Cranberry-rot – perfekt für die Feiertage. Normalerweise trage ich nur sehr wenig Make-up, da meine Kleidung in der Regel schon für genug Farbe sorgt. Doch in den letzten Wochen hatte Großmutter darauf bestanden, dass ich mir etwas mehr Mühe mit meinem Aussehen gebe. Sie behauptete, in der Vorweihnachtszeit müsse man sich besonders schick machen, aber ich vermutete, dass sie insgeheim hoffte, meine Bemühungen um etwas mehr Glamour würden vielleicht auf meine Cousine abfärben.

Nicht dass sie sich nicht ordentlich kleiden würde, aber sie bevorzugte eine schnörkellose, schlichte Garderobe. Ich wusste, dass sie manchmal eine altmodische Tracht mit weitem Rock und Haube trug, wenn sie im Kerzengeschäft ihrer Familie im historischen Viertel ihrer Stadt arbeitete. Wahrscheinlich hatte sie deshalb keine Lust, sich in ihrer Freizeit noch mehr zu „verkleiden" und lief am liebsten in legeren Klamotten herum, was ich nur verständlich fand.

Maggies charakteristisches Klopfen ertönte an meiner Schlafzimmertür: dreimal kurz, einmal lang, zweimal kurz.

„Herein!", rief ich, wandte mich vom Spiegel ab und ging zur Tür.

Sie trug eine weiße Bluse mit Knopfleiste und einen weißen Rock, dazu weiße, flache Schuhe. Das hellblonde Haar reichte ihr fast bis zur Taille, und so gänzlich ohne Schminke sah sie aus wie ein blasser Engel – oder wie ein Gespenst.

„Kann ich mir heute ein Outfit von dir leihen?", fragte sie mit einem Stirnrunzeln. „Ich befürchte, Grandma wird von meiner Farbwahl nicht so begeistert sein."

Ich lachte. „Mach dir doch darüber keinen Kopf. Von meinem Look ist Grandma auch oft nicht wirklich angetan. Aber sie liebt uns beide trotzdem."

„Sie meinte, ich könnte mir auch gerne etwas von ihr ausleihen, Angie." Maggie senkte die Stimme und kam noch einen Schritt näher. „Aber in ihrem Schrank ist fast alles schreiend pink!", flüsterte sie.

Wir brachen in Gekicher aus.

„Mal im Ernst, kannst mir mit einem weihnachtlichen Kleid oder so aushelfen?", flehte sie mich mit gefalteten Händen an.

Ich öffnete meinen Schrank und freute mich darüber, dass meine frisch gebackene Cousine und ich uns schon so vertraut waren. Unfassbar, dass wir uns erst seit einer guten Woche kannten! Ich würde sie so sehr vermissen, wenn sie wieder zu Hause in Georgia war.

„Wie wäre es damit?", fragte ich und warf ihr ein mit Weihnachtsmännern bedrucktes Partykleid zu. Ich hatte es zuletzt getragen, als wir mit unseren Haustieren in der Tierhandlung in Dewdrop Springs waren, um uns bei einem kleinen Fotoshooting zusammen mit dem Weihnachtsmann ablichten zu lassen. Es war eines meiner Lieblingskleider, aber es befanden sich noch tonnenweise festliche Sachen in meinem Schrank, die ich dieses Jahr noch nicht einmal hervorgeholt hatte.

Das war das Tolle, wenn man sich den Großteil seiner Garderobe im Secondhand-Laden besorgte: Alles war so günstig und der Verkaufspreis kam auch noch einem wohltätigen Zweck zugute, sodass ich kein Problem damit hatte, meiner Klamottensucht nachzugeben.

Am heutigen Tag trug ich selbst eine Jeans und dazu den kitschigsten Weihnachtspulli, den ich besaß. An seinem Kragen war ein Gebilde aus riesigen Bommeln befestigt, verbunden durch einen mit Satinband umwickelten Ring, an dem kleine Glöckchen hingen, sodass es beinahe wie ein dreidimensionaler Adventskranz wirkte.

Er war grottenhässlich, aber ich fand ihn trotzdem voll cool.

„Das ist perfekt", sagte Maggie, nachdem sie das Kleid kurz begutachtet hatte.

„Passt gut zu Zöpfen", erwiderte ich.

Sie wurde purpurrot. „Ich denke, das wäre ein bisschen zu viel des Guten für heute."

In dem Augenblick trabte Octocat herein, dicht gefolgt von Paisley.

„Mami, du siehst toll aus!", rief das Chihuahua-Mädchen.

„Eines Tages wird dieser Pullover mir gehören", raunte mein Kater mir zu. „Du kannst mir nicht erzählen, dass er nicht als Katzenspielzeug gedacht ist. Sieh dir doch mal diese drolligen Pompons an!"

Da hatte er natürlich nicht unrecht.

„Mami, darf ich auch mitkommen?", fragte Paisley und wedelte dabei so schnell mit ihrem schwarzen Schwänzchen, dass man dieses kaum noch mit bloßem Auge erkennen konnte.

„Sie kann vor Mags nicht mit uns reden, Dummerchen", brummte Octocat spöttisch.

Meine Cousine lächelte mich an und fragte sich wahrscheinlich, warum ich plötzlich aufgehört hatte, mit ihr zu sprechen, als die Tiere hereinkamen. In Momenten wie diesen fand ich es unglaublich schwer, mein Geheimnis vor ihr zu bewahren, vor allem, weil sie zur Familie gehörte. Doch je weniger Leute davon wussten, desto besser. Und ich war mir nicht sicher, ob sie mir überhaupt glauben würde. Womöglich würde sie mich für verrückt erklären, überstürzt abreisen und es zu Hause in Georgia allen erzählen. Was würden die dann bloß denken? Ich wollte unbedingt vermeiden, dass sie einen schlechten Eindruck von mir bekamen, bevor wir überhaupt die Chance hatten, uns kennenzulernen.

Und meine Cousine würde nur noch eine Woche da sein. So lange sollte ich mein Geheimnis doch noch für mich behalten können. Oder etwa nicht?

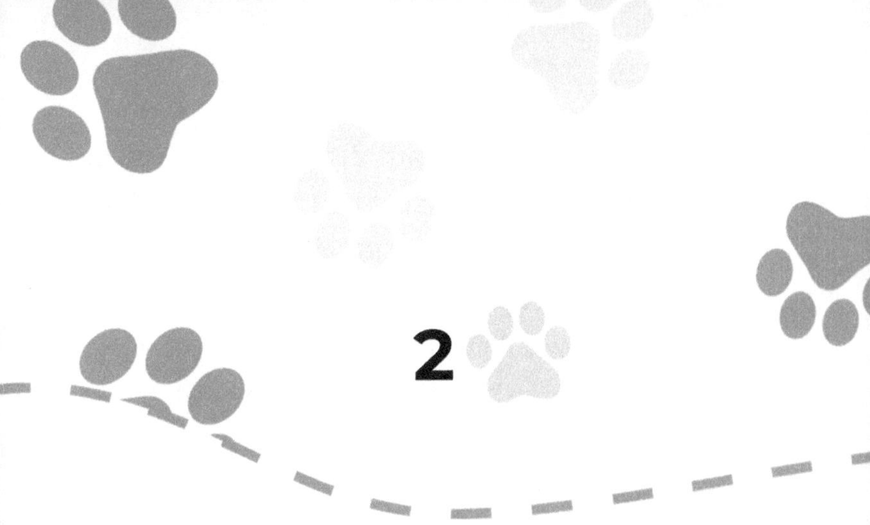

2

Maggie sah in meinem Kleid mit den aufgedruckten Weihnachtsmännern absolut hinreißend aus. Sie ergänzte den Look mit einer weißen Baskenmütze und bat mich, ihr beim Auftragen des neuen Cranberry-Lippenstifts und etwas Rouge zu helfen.

„Zeit für ein paar Selfies!", rief sie, schwenkte ihr Handy und begann, Fotos von uns aus verschiedenen Blickwinkeln aufzunehmen.

„Wow, wir sehen uns wirklich ähnlich", stellte ich erstaunt fest, als sie mir danach die Bilder zeigte. Wir hatten beide die gleichen braunen Augen, die gleiche freche Nase und das gleiche herzförmige Gesicht, bloß ihre Hautfarbe wirkte heller und ihre Haltung wie die eines Supermodels. Ich dagegen hatte es irgendwie geschafft, mich auf den Fotos mit einem Dreifachkinn zu präsentieren und dem Betrachter tiefe Einblicke in meine Nasenlöcher zu gewähren.

Genau das war der Grund, warum ich mich nicht ständig in den sozialen Medien tummelte wie viele andere in meiner Altersgruppe. Ich bin viel lieber hinter als vor der Kamera, aber am liebsten ist es mir, wenn gar keine Kameras im Spiel sind. Was zum Teil auch daran liegen könnte, dass meine Eltern beide als Nachrichtensprecher für einen lokalen TV-Sender arbeiten.

„Du bist viel fotogener als ich", murmelte ich, als Maggie unser Selfie an einige aus ihrer Familie in Georgia schickte. Ich hatte bisher noch keinen von ihnen persönlich getroffen und war nicht gerade begeistert, dass dieses schreckliche Bild nun einer ihrer ersten Eindrücke von mir werden sollte.

„Ich habe einfach viel Übung mit so was", antwortete sie mit einem verschämten Lächeln. Im Gegensatz zu mir schien sie sich bei der Interaktion mit anderen im Internet viel wohler zu fühlen als im echten Leben. „Durch meine Videos über das Kerzenziehen bin ich oft online zu sehen, und deswegen habe ich gelernt, wie ich mich am besten in Szene setze."

„Mädels!", rief Grandma vom Fuß der Treppe, die

zu meinem Turmzimmer führte. „Seid ihr bereit, die Stadt unsicher zu machen?" Wir hörten, wie sie kicherte und flotten Schrittes über die große Treppe nach unten entschwand.

Maggie warf mir einen fragenden Blick zu, während sie ihr Handy in ihre kleine Handtasche steckte und am Saum des Kleids zupfte.

Mit einem breiten Lächeln rief ich meiner Großmutter hinterher: „Wir kommen!"

Dann stürmten wir, gefolgt von den beiden Tieren, die zwei Stockwerke hinunter ins Foyer, wo sie bereits in einem exquisiten hellrosa Winter-Outfit auf uns wartete.

Sie zog ein kleines, braunes Hundemäntelchen hervor und kniete sich auf den Boden. „Paisley, komm her, meine Süße!"

Der Chihuahua raste sofort zu ihr und wackelte vor Freude mit seinem ganzen Hinterteil. „Ja, Grandma. Ich komme, Grandma. Du bist die Beste, Grandma."

An Großmutter hing die kleine treue Seele am meisten, obwohl sie mich als ihre „Mami" bezeichnete. Ich hatte sie einmal gefragt, warum sie mich so nannte, und sie meinte, sie sehne sich nach einer Mutter, weil sie ihre schon so früh verloren habe. Und da Großmutter darauf bestand, von allen

„Grandma" genannt zu werden und Paisley sich mit ihr auch nicht so verständigen konnte wie mit mir, hatte das Hundemädchen mich zu ihrer Mami erkoren.

Sie stand nahezu still, während Grandma ihr das Mäntelchen anzog, das sich bei näherer Betrachtung als ein Rentierkostüm herausstellte. Von der Kapuze ragte ein großes Geweih auf, das Paisley etwas aus dem Gleichgewicht brachte, als sie loshüpfte und durchs Haus tänzelte.

„Mags, du siehst toll aus!", sagte Grandma, als sie sich wieder aufrichtete. „Und du passt super zu Paisley in diesem Weihnachtsmannkleid. Das trifft sich gut, denn ich wollte dich bitten, unterwegs ein wenig auf sie aufzupassen."

„Oh, kommst du nicht mit?"

Grandma, die einen pinken Mantel anhatte, der am Kragen und an den Ärmeln mit schwarzem Kunstpelz besetzt war, zuckte nonchalant mit den Schultern. „Natürlich komme ich mit. Aber ich brauche beide Arme, um alle meine Freunde zu umarmen, die nur über die Weihnachtstage in ihre alte Heimat kommen. Paisley wird sich mit dir viel besser amüsieren."

Ich trat vor und holte Octocats neongrüne Leine und sein Geschirr aus der hintersten Ecke des Garderobenschranks. Er hasste es, das Ding tragen zu müssen. Bei unseren gemeinsamen Abenteuern folgte er mir in der Regel freiwillig und hatte sich daran gewöhnt, nicht angeleint zu sein. Zu seinem Pech würde uns Mags heute den ganzen Tag begleiten, sodass ich nicht mit ihm würde sprechen können, um ihn in Schach zu halten.

Und die Sicherheit geht für mich letztlich immer vor, weshalb das Geschirr heute nicht verhandelbar war. Natürlich versuchte mein Stubentiger es trotzdem.

„Das werde ich auf keinen Fall tragen", maulte er mit wütendem Blick. „Das letzte Mal, als du es mir angezogen hast, wurde der Weihnachtsmann ermordet. Und davor habe ich es nur über mich ergehen lassen, weil du mir dafür einen Gefallen versprochen hattest, und das ist schon eine halbe Ewigkeit her. Also bist du mir noch etwas schuldig, wenn du mich heute in dieses Folterinstrument stecken willst."

Ich biss mir auf die Zunge, um nicht auszusprechen, was mir durch den Kopf ging. Der Gefallen, den er sich damals von mir erschlichen hatte, war kein geringerer als der Kauf dieses überdimensionierten Hauses gewesen, da ihm meine vorherige kleine Wohnung nicht gefiel. Und selbst wenn ich unser luxuriöses Anwesen inzwischen sehr mochte, so stand der Preis, den ich dafür hatte zahlen müssen, doch in keinem Verhältnis zu seinem damaligen Einsatz.

Ich griff mit beiden Händen nach dem Kater, und er wehrte sich fauchend.

„Nein, Angela. Nein!"

„Ich glaube nicht, dass er das anziehen will", meinte Mags daraufhin mit einem nervösen Lachen. „Warum nehmen wir ihn überhaupt mit? So eine Veranstaltung im Freien ist doch nichts für eine Katze, oder?"

„Glaub mir, wenn ich ihn hierlasse, wird er sich übel dafür rächen", entgegnete ich und ergänzte rasch: „Er wird tagelang herumjaulen, um mir eins auszuwischen, und zwar vor allem nachts, denn er weiß genau, wie er mich auf die Palme bringen kann."

„Schlaues Kerlchen."

„Wenn du wüsstest", erwiderte ich seufzend. Man sollte meinen, ich müsste längst ein Profi darin sein, mein kleines Geheimnis zu verbergen, aber oft genug bewegte ich mich immer noch auf sehr dünnem Eis.

„Wenn das so ist." Und ehe er und ich uns versahen, schnappte sich meine Cousine Octocat. „Lass mich dir helfen."

Er zappelte und wandte sich in ihren Armen, aber

meine Cousine hielt ihn eisern fest, während ich das Geschirr an seinem kleinen, getigerten Körper befestigte. „Das wirst du bereuen, Angela, meine Rache wird furchtbar sein."

Ich setzte ihn auf den Boden und unterdrückte ein Lachen, als er am ganzen Körper zuckend herumtapste und dann verzweifelt dort sein Fell zu lecken begann, wo die neongrünen Riemen saßen.

„Sind wir alle bereit zum Aufbruch?", rief Grandma fröhlich und völlig unbeeindruckt von dem wütenden Kater zu ihren Füßen.

Während Octocat mich und mein Verhalten grundsätzlich gerne kritisierte, ging er mit ihr meist deutlich nachsichtiger um. Doch nun hatte ich den Eindruck, dass es nicht mehr lange dauern würde, bis sie einen ordentlichen Rüffel von ihm abbekäme – hoffentlich erst nach den Feiertagen.

Eine Minute darauf saßen wir alle in meinem Auto, und wenig später standen wir am Haupteingang des Festivals in der Innenstadt von Glendale.

„Wow!", rief Maggie aus, als das Herzstück des Festivals – der riesige Weihnachtsbaum – endlich in Sichtweite kam. „Es ist, als wären wir in einer Schneekugel."

Wir hatten bestenfalls einen halben Meter Schnee, aber in Georgia gab es nie weiße Weihnachten. Deshalb sparte ich mir die Bemerkung, dass wir in diesem Jahr eigentlich weniger Schnee hatten als sonst, und ließ sie den Moment genießen.

„Willkommen! Willkommen zum Christmas Festival!", begrüßte uns Mr. Gable, der Besitzer des einzigen Juweliergeschäfts im Ort und Leiter des Festivalkomitees. In der rechten Hand hielt er eine Kamera, und unter seinem linken Arm lugte ein echtes Kaninchen hervor. Er trug ein Weihnachtsmannkostüm, jedoch ohne den klassischen, pelzbesetzten Mantel, sondern nur ein dickes Wollshirt mit schwarzen Hosenträgern darüber. „Setzt euch auf den Schlitten und lasst euch vom Weihnachtsmann und dem Osterhasen fotografieren."

„Wieso vom Osterhasen?", fragte Mags irritiert, als sie und ich auf den Rücksitz des Schlittens kletterten. Derweil nahm Grandma mit den beiden Tieren vorne Platz.

„Seine Kaninchendame ist quasi ein Osterhäschen", erklärte ich ihr. Ich hatte die kleine Fellnase Anfang des Monats zum ersten Mal getroffen, als wir in der Zoohandlung Fotos mit dem Weihnachtsmann machen wollten und stattdessen einen Mordfall aufklären mussten. „Sie heißt in Wirklichkeit ‚Nini' und war wohl eigentlich ein Ostergeschenk für seine Enkelkinder, die sie aber nicht gut versorgt haben.

Daraufhin hat er das Tierchen zu sich genommen, um ihm ein besseres Leben zu ermöglichen, und seitdem sind die beiden unzertrennlich."

Mr. Gable setzte Nini in die Krippe neben ihm, die mit viel Heu, Futter und Wasser ausgestattet war, und trat dann vor, um unser Foto zu machen.

„Habt ihr das gesehen?", meckerte Octocat, gerade als Mr. Gable uns alle anwies, „Cheese", zu sagen. „Dieses lächerliche Karnickel hat genau das gleiche Geschirr an wie ich. Ich bin in meinem ganzen Leben noch nie so gedemütigt worden. Oh, das wirst du mir büßen, Angela."

Tatsächlich trug auch Nini ein neongrünes Geschirr, allerdings schien es sie nicht annähernd so sehr zu stören wie Octocat, denn sie schlummerte bereits kurz darauf friedlich in der Krippe des Jesuskindes.

3

Nachdem uns Mr. Gable auf dem Schlitten fotografiert hatte, machten wir uns auf den Weg zur Kakao-Bude. Hier gab es exotische Spezialmischungen, mit mehr Zutaten, als man sich für eine Tasse heiße Schokolade je hätte vorstellen können.

Da die Veranstaltung gerade erst begonnen hatte, waren noch nicht viele Leute unterwegs, sodass wir nicht anstehen mussten. Maggie und ich marschierten schnurstracks zur Theke und bestellten den „Einhorn-Kakao" aus weißer Schokolade mit Himbeersirup und Marshmallow-Creme sowie rosa Streuseln und einer kleinen, gold-weißen Zucker-stange obendrauf. Staunend sahen wir zu, wie der Barista unsere Getränke zubereitete.

Grandma nutzte die Gelegenheit, um sich kurzerhand zu verabschieden und am Arm eines attraktiven Herrn mit silbergrauem Haar zu verschwinden, den ich, soweit ich mich erinnerte, noch nie zuvor gesehen hatte. Meine Großmutter kennt so ziemlich jeden in dieser Stadt und aus dem näheren Umkreis, aber seit dem Tod meines Großvaters vor mehr als einem Jahrzehnt war sie mit niemandem mehr ausgegangen. Ihrem koketten Lachen und ihren funkelnden Augen nach zu urteilen, würde ich auf jeden Fall mehr über ihren geheimnisvollen neuen Freund erfahren müssen.

Doch für den Moment wollte ich mich einfach nur darauf konzentrieren, einen schönen Tag mit meiner Cousine und unseren beiden tierischen Begleitern zu verbringen. Glendale hatte sich fein herausgeputzt und bewies eindrucksvoll, dass Weihnachten nirgends so bunt gefeiert wurde wie hier.

„Da seid ihr ja!" Meine Mutter kam herbeigeeilt und umarmte Mags und mich überschwänglich. „Frohe Weihnachten! Was für ein tolles Fest hier!"

„Frohe Weihnachten, Mom", erwiderte ich, nahm meinen gerade fertiggestellten Einhorn-Kakao von der Theke und steckte etwas in die Trinkgeldkasse des Baristas. Es war gerade erst kurz vor zehn und fühlte sich von daher ein bisschen seltsam an, jemandem schon so früh am Morgen „Frohe Weihnachten" zu wünschen.

Das Spektakel dauerte von zehn Uhr morgens bis zehn Uhr abends, sodass die Besucher genug Zeit hatten, sich alles anzuschauen und das festliche Event zu genießen. Die meisten bevorzugten die Abendstunden, weil es mit den vielen Lichtern überall dann am stimmungsvollsten war. Ich wusste aber auch, dass das Festivalkomitee unter der Leitung von Mr. Gable hart daran arbeitete, tagsüber mehr Leute anzulocken und somit für einen konstanten Besucherstrom in den Geschäften zu sorgen.

„Wo ist Dad?", fragte ich und nahm den ersten Schluck von meinem dekadent süßen Kakao. *Hm, lecker!*

Mom überprüfte gerade ihr Aussehen im Selfie-Modus ihrer Kamera und strich sich durch die Haare. „Die Rentierspiele fangen gleich an, und er berichtet natürlich für den Sender darüber. Als Erstes müssen die Teilnehmer ein spezielles Wettrennen überstehen. Das wird sicher ein großer Spaß."

Dad war Sportreporter für einen Lokalsender, während Mom als Nachrichtensprecherin arbeitet und darüber hinaus als Journalistin unterwegs war. Sie berichtete über viele interessante Ereignisse in

Maine, und ihre Sendungen erhielten deutlich mehr Aufmerksamkeit, seit sie vor einiger Zeit eine entscheidende Rolle bei der Aufklärung des Mordes an der beliebten Senatorin Harlow gespielt hatte.

Das Christmas Festival gehörte seit seinem Bestehen zu den Top-Themen in den regionalen News. Inzwischen kamen Besucher von nah und fern hierher. Jahr für Jahr war es größer geworden, auch dank Moms toller Reportagen über die Veranstaltung und der professionellen Leitung durch Mr. Gable.

„Ich muss wieder los", sagte sie und warf einen Blick über ihre Schulter in Richtung Spielfeld. „Aber als ich euch beide eben hier entdeckte, dachte ich mir, ich flitze mal rüber, um euch um einen kleinen Gefallen zu bitten."

„Klar, kein Problem", erwiderte Mags, die sich Paisley unter den Arm geklemmt hatte und in der anderen Hand den Becher mit dem dampfenden Kakao hielt. „Wie können wir dir denn helfen?"

„Danke, das ist lieb. Ich denke, es würde euch auch nicht allzu viel Zeit kosten, aber es wäre wirklich wichtig. Leider ist es nämlich so, dass die beiden Preisrichter für den Eisskulpturenwettbewerb nicht da zu sein scheinen. Würdet ihr zwei für sie einspringen?"

„Sicher, gerne", antwortete meine Cousine, wobei sie so heftig mit dem Kopf nickte, dass sie etwas von ihrem Getränk verschüttete. „Ups! Das klingt nach einem Haufen Spaß. Ich würde gerne Jury spielen, wenn Angie auch Lust dazu hat."

„Wunderbar. Wir haben tatsächlich über dreißig Skulpturen in der Ausstellung, aber ihr braucht keine Bewertungen mit Punkten oder so abzugeben. Wählt einfach eure drei Favoriten aus und schickt mir eine Nachricht mit eurer Entscheidung über Platz eins bis drei. Der Eisskulpturengarten liegt am anderen Ende des Festivalgeländes, in der Nähe der Brücke und des kleinen Parks. Findet ihr das?"

„Ich denke, das kriegen wir hin", antwortete ich und wollte auf meine Mutter zugehen, wurde jedoch von meinem störrischen Kater ausgebremst, der sich nicht von der Stelle rührte. „Geh ruhig zurück zu Dad, sonst verpasst du am Ende das Rennen."

„Alles klar,", rief Mom, und schon joggte sie los, in die Richtung, aus der sie gekommen war. „Nochmals danke, Mädels!"

„Was meinst du? Sollen wir gleich loslegen?", fragte Maggie und nahm einen ersten vorsichtigen Schluck von ihrem Einhorn-Kakao. Daraufhin weiteten sich ihre Augen, und sie lehnte sich überrascht zurück. „Wow, das nenne ich süß."

Ich nahm ebenfalls einen Schluck und seufzte genüsslich. „Der ist genau richtig, wenn du mich fragst. Andererseits bist du auch nicht Grandmas süße Küchlein und so gewohnt, die sie fast täglich für uns backt."

„Ich wünschte, ich wäre es!", antwortete Maggie schwärmerisch, während wir uns durch die prachtvoll geschmückten Straßen schlängelten.

Wir schlenderten vorbei an einer Reihe von Kunsthandwerksständen, und ich entdeckte eine besonders hübsche Halskette, die ich mir unbedingt noch einmal anschauen wollte, sobald wir unsere Jury-Aufgabe erledigt hatten.

Plötzlich blieb meine Cousine wie angewurzelt stehen und jauchzte entzückt: „Wow, sind das echte Rentiere?" Ich lachte über ihr verblüfftes Gesicht. Für mich war der Anblick nicht ungewöhnlich – schließlich kannte ich diese Veranstaltung seit ihrer Gründung vor zwölf Jahren. Sie jedoch war heute zum ersten Mal hier, und ich konnte mir gut vorstellen, wie beeindruckend es für sie sein musste.

„Ja, acht Stück. Außerdem gibt es Schafe, Ziegen, Schweine und sogar ein Kamel. Es ist ein richtiger Streichelzoo, der einerseits den Stall zu Bethlehem darstellt, andererseits das Gehege für die Rentiere des Weihnachtsmanns."

„Wir müssen noch mal hierher zurückkommen." Maggie ergriff meine Hände und warf einen sehnsüchtigen Blick auf die Vierbeiner. „Ich werde jedes einzelne Tierchen da drinnen streicheln."

„Das machen wir, versprochen", versicherte ich ihr, drückte ihre beiden Hände und ließ sie wieder los.

„Ich möchte meine kostbare Zeit nicht mit stinkenden Viechern verbringen", schimpfte Octocat. *Tja, Pech für ihn.* Er beschwerte sich heute anscheinend grundsätzlich über alles, aber Maggie war total begeistert und freute sich schon darauf, später mit den Rentieren zu kuscheln.

Wir kamen an weiteren Imbissbuden, diversen Händlern und Zelten von lokalen Gruppen und Vereinen vorbei. Nachdem wir schon fast einen ganzen Block zurückgelegt hatten, rief Maggie plötzlich aus: „Kerzen! O wie toll!"

Ich nickte den beiden Frauen zu, die vor dem Zelt saßen. Meine Cousine war bereits im Inneren verschwunden, das nur durch den Schein von Teelichtern erleuchtet war.

„Sie verdient ihren Lebensunterhalt mit der Herstellung von Kerzen", erklärte ich den Ladys am Eingang. Es fühlte sich seltsam an, dort allein zu stehen, aber es wäre keine gute Idee gewesen, mit einer Katze und einem Hund in einen Raum zu marschieren, wo überall offene Flammen züngelten. „Ihre sehen sehr schön aus. Wie viel kosten die?"

„Wir verkaufen keine Kerzen", erklärte die jüngere der beiden Frauen mit einem freundlichen Lächeln. „Wir fertigen und verkaufen Menoras. Und ein Stück weiter haben wir auch noch einen Reibekuchenstand, den andere Mitglieder unserer Synagoge betreiben."

„Oh, für Chanukka. Ich habe das selbst zwar nie miterlebt, aber die Geschichte über die Makkabäer und das Ölwunder immer geliebt."

„Es ist nicht nur eine Geschichte", sagte die ältere Frau. „Es ist das Werk Gottes, eines der Wunder, die er vollbracht hat. Und er bewirkt bis heute Wunder."

„Wie viel kostet diese Menora?", fragte Mags, die sich mit einem kleinen silbernen Modell der siebenarmigen Leuchter wieder zu uns gesellte.

Die Frau nannte ihr den Betrag, und sie reichte ihr mehrere Geldscheine. „Ich danke Ihnen. Ich werde sie immer in Ehren halten. Frohes Chanukka!"

„Frohes Chanukka", riefen uns die Frauen hinterher, als wir unseren Weg zum Eisskulpturengarten fortsetzten.

„Hier gibt's wirklich alles, oder?", fragte meine Cousine lachend.

„Unglaublich, nicht wahr?", gab ich kichernd zurück. „Warte erst mal, bis wir uns ein paar der Rentierspiele angeschaut haben."

„Ich bin froh, dass wir so früh hergekommen sind. Es gibt so viel zu sehen, ich fürchte, wir werden trotzdem nicht genug Zeit für alles haben."

„Ja, stimmt. Komm, lass uns jetzt alle Eisskulpturen genauer in Augenschein nehmen, damit wir ein faires Urteil fällen können. Dann wählen wir unsere Sieger aus und stürzen uns anschließend wieder ins Gewimmel."

Wir überquerten die Straße und betraten den Park, wo riesige, kunstvolle Statuen komplett aus Eis den Weg säumten, der spiralförmig zu verlaufen schien. Auf einem Schild am Eingang zur Ausstellung stand: „Folgen Sie dem Weg bis zur Mitte. Dort angekommen, weist Ihnen ein rotes Band die Abkürzung zurück zum Start. Viel Spaß!"

„Es ist wie das Guggenheim", sagte ich und dachte an das fantastische Museum, mit dem ich mich im Rahmen meines Studiums der Kunst und Geisteswissenschaften befasst hatte. „Man muss nicht überlegen, wohin man als Nächstes gehen soll, und kann einfach nur die Kunst genießen."

„Schau dir das an!", rief Maggie begeistert, die schon ein Stück weitergelaufen war und einen

Schwan bewunderte, der mit ausgebreiteten Flügeln dastand, als würde er gleich auf dem Wasser landen. „Ist der nicht schön?"

„Wie findest du die hier?", sagte ich und zeigte auf eine riesengroße, filigran gemeißelte Schneeflocke. „Es muss irre lange gedauert haben, diese ganzen Details so hinzubekommen."

„Wie traurig, dass diese wunderbare Kunst schon bald dahinschmelzen wird." Maggie stand jetzt vor der Statue einer Frau mit einem wunderschönen, wallenden Kleid. „Und es wird ganz schön schwer werden, die drei Besten auszuwählen."

„Wir sollten uns erst einmal nur alle ansehen. Wenn wir dann in der Mitte angekommen sind, können wir, anstatt die Abkürzung nach draußen zu nehmen, noch einmal zurückgehen und eine Favoritenliste erstellen."

Maggie nickte. „Bis jetzt finde ich alle großartig."

„Es wird nicht einfach", stimmte ich zu. „Lass uns loslegen!"

Wir folgten dem Weg und bestaunten die verschiedenen Skulpturen – Tiere, Menschen, Naturmotive und sogar abstrakte Kreationen waren dabei. Nach einiger Zeit gelangten wir ins Zentrum der Spirale, wo mir, zunächst nur aus dem Augenwinkel, etwas leuchtend Rotes auffiel. Ich wandte mich dem

zu, weil ich dachte, es sei das auf dem Schild ange-
kündigte rote Band, dass die Besucher wieder nach
draußen leiten sollte, damit es in der Ausstellung
kein Gedränge gab. Aber das war es nicht. Entsetzt
starrte ich auf die roten Lachen am Boden, die den
ansonsten unberührten Schnee verunstalteten. *Blut.*

4

ein Blick wanderte zu Maggie, die zitterte wie Espenlaub.

„Ist das B-B-Blut?", stammelte sie und ließ Paisley von ihrem Arm hinunterhüpfen. Ich hasste es, wenn der kleine Hund diese kühnen Sprünge vollführte, aber irgendwie schien sie sich dabei nie zu verletzen.

Octocat zerrte an seiner Leine. „Natürlich ist das Blut, du Schlaumeier. Was soll es denn sonst sein?"

Ich warf ihm einen bösen Blick zu und wünschte, ich könnte ihn zurechtweisen, weil er in dieser heiklen Situation so unsensibel war. „Ja", flüsterte ich Maggie zu. „Und wo so viel Blut ist, kann auch eine Leiche nicht weit sein. Zumindest nach meiner

Erfahrung. Warte hier, ich werde mich mal umschauen."

Maggie stand bebend da und konnte den Blick nicht von dem tiefroten Fleck abwenden, der sich Zentimeter um Zentimeter weiter im Schnee ausbreitete und sich dabei zusehends gefährlicher anfühlte. Ihre Hände zitterten immer heftiger, sodass der restliche Kakao in ihrer Tasse überschwappte.

Wow! Vielleicht waren sie und ich uns doch nicht so ähnlich, wie ich bisher angenommen hatte. Obwohl ich solche Situationen auch als unangenehm empfand, hatte ich gelernt, meine Gefühle weitgehend unter Kontrolle zu halten und mich auf die Sachlage und nicht auf den Schrecken zu konzentrieren. Maggie hingegen schien völlig fertig mit den Nerven zu sein. Sie wirkte aufgelöst und verängstigt – aber wahrscheinlich würden die meisten normalen Menschen so reagieren.

Ich rannte zu ihr, nahm ihr den Becher ab, und stellte ihn zusammen mit meinem auf den Boden. Die Lust auf das süße Zeug war uns beiden ohnehin gründlich vergangen.

Paisley stupste mich mir ihrer Schnauze am Bein an. „Mami, ist hier ein böser Mann in der Nähe? Wird er uns wehtun?"

Kurzerhand klemmte ich mir die kleine Hündin unter den einen und Octocat unter den anderen Arm.

„Angela, lass mich los. Ich bin nicht dein Schmusetier. Dafür ist die da zuständig", maulte er und deutete mit dem Kopf auf Paisley.

Ich ignorierte beide, während wir zwischen den Eisskulpturen umherschlichen, um der Ursache der Blutlachen auf den Grund zu gehen. Wenig später erblickte ich eine große Hand, die mit der Handfläche nach oben hinter der Skulptur eines Weihnachtsbaums hervorschaute. Ich schluckte schwer und trat näher heran. Nicht nur eine Leiche entdeckte ich dort, sondern gleich zwei. Die eine blickte mit leeren Augen in den Himmel, die andere lag mit dem Gesicht nach unten im Schnee. Ein paar Flocken tanzte durch die Luft und fielen auf sie herab, als wollten sie das grausige Bild verdecken.

„Sind das die vermissten Preisrichter?", raunte ich meinen Tieren zu.

„Die Vermutung liegt nahe", erwiderte der Kater und versuchte weiterhin, sich aus meinem Arm zu winden.

Mich überkam ein kalter Schauder. Was konnte es bloß für einen Grund geben, diese Menschen zu ermorden? Und waren Maggie und ich nun ebenfalls in Gefahr, weil wir uns bereit erklärt hatten, die beiden zu vertreten?

In diesem Moment sah ich eine dicke, glitzernde Eisspitze aus dem Rücken der kleineren Leiche ragen. Die Frau war von einem Eiszapfen wie von einem Speer aufgespießt worden, und der begann bereits zu schmelzen. Große Wassertropfen rannen daran herunter und durchnässten ihre blutgetränkte Jacke.

Ich wandte mich wieder dem Mann zu, in der Erwartung, eine ähnliche Waffe in seiner Brust zu entdecken, aber bei ihm war nichts dergleichen zu sehen. Ich suchte kurz nach Anzeichen von Gewalteinwirkung – Strangulation, Messerstiche, Schusswunden oder Ähnliches, womit ich es in den letzten anderthalb Jahren bei meinen Ermittlungen schon zu tun hatte. *Nichts.*

Paisley, die weiterhin in ihrem aufwendigen Rentierkostüm steckte, löste sich aus meinem Griff und sprang hinunter. Dann näherte sie sich vorsichtig den Opfern und leckte ihnen über die Wangen. „Mami, Mami, sind die zwei okay? Werden sie bald wieder aufwachen?" Da wurde mir klar, dass die kleine Maus noch nicht annähernd so viele Leichen in ihrem Leben gesehen hatte wie Octocat und ich. Das arme Ding war wahrscheinlich genauso verängstigt wie Maggie.

Mein Kater kräuselte die Oberlippe, nun offenbar zufrieden damit, auf Paisley hinabschauen zu können. „So dumm kannst doch nicht einmal du sein, Hund." Im Grunde liebte er seine Chihuahua-Schwester und nannte sie nur dann *Hund*, wenn er sich besonders überlegen fühlte, was jedoch immer noch ziemlich häufig der Fall war.

„Ruhe", murmelte ich, während ich mir den Kopf zermarterte. „Lasst mich nachdenken."

„A-A-A-Angie!", hörte ich Maggies bebende Stimme, die zwischen den hohen Eisskulpturen hindurch merkwürdig widerhallend zu mir durchdrang. „Was ist los? Ist alles in Ordnung?" Ihrem Tonfall nach zu urteilen, kannte sie die Antwort bereits. Trotzdem musste ich ihr sagen, was ich gefunden hatte, und dann würden wir es den Behörden melden müssen.

Ich warf einen letzten Blick auf die beiden traurigen Gestalten, die vermutlich nichts ahnend zu unserem schönen Festival gekommen waren und diesen Besuch mit dem Tod bezahlen mussten. Dann atmete ich tief durch und ging zurück zu meiner Cousine. „Wir müssen Officer Bouchard informieren, dass es einen Mord gegeben hat."

Maggie schrie auf, als hätte sie körperliche Schmerzen. „Wirklich? Ein Mord? Hier? Aber, aber ... wie kann das sein? Hier sind doch nur nette Leute."

Ich runzelte die Stirn und versuchte, mich zu erinnern, ob ich jemals in meinem Leben so gutgläubig gewesen war. *Niemals,* da war ich mir sicher. Als bekennender Bücherwurm hatte ich schon immer ein gewisses Misstrauen gegenüber der realen Welt gehegt. Früher hielt ich mich für paranoid, aber das war, bevor immer wieder neue Leichen in meinem Umfeld auftauchten.

Maggie starrte mich mit großen Augen an, während ich schwieg. Sie hoffte wohl darauf, dass das nur ein übler Scherz war, dass gleich alles wieder in Ordnung sein würde. Doch diese Illusion musste ich ihr nehmen.

„Es ist leider wahr", erwiderte ich mit einem Nicken. „Eigentlich waren es sogar zwei Morde. Und wir müssen die Polizei holen. Sofort."

Ich setzte Octocat in den Schnee, griff nach ihrer Hand und zerrte sie zurück zum Ausgang.

Octocat lief an der Leine hinter uns her, wobei er nicht aufhörte, zu fluchen und mich übelst zu beschimpfen. Von mir aus ... sollte er doch wütend sein. Es gab jetzt Wichtigeres als seinen übertriebenen Ansprüchen gerecht zu werden, mit denen er mir das Leben schwermachte. Außerdem war dieser kleine Kerl im Grunde ein unverschämter Glückspilz, der es immer und überall schaffte, auf den Füßen zu landen.

Ich hatte Zweifel, dass Maggie und ich so viel Glück haben würden, vor allem angesichts der Tatsache, dass in diesem Moment eine dunkle Gestalt von hinten direkt auf uns zustürmte und ansonsten kein Mensch im Park unterwegs zu sein schien.

5

ie Gestalt näherte sich, war aber noch zu weit entfernt, um ihre Gesichtszüge oder ihre Absichten erkennen zu können. Maggie riss sich von meiner Hand los, rannte einige Schritte davon und blieb dann jedoch stehen, offenbar unsicher, ob sie weglaufen oder sich verstecken sollte. So stand sie da wie ein schockiertes Reh auf einer einsamen Landstraße.

Ich machte mich auf das Schlimmste gefasst, drehte mich um und stellte mich der bedrohlichen Person entgegen. Sie trug eine dunkelblaue Uniform mit einem silbernen Abzeichen, das in der Sonne aufblitzte. *Keine Gefahr. Überhaupt keine Gefahr.* Diesen Mann kannte ich nur zu gut, und nun sah ich auch sein sorgenvolles Gesicht.

„Officer Bouchard", rief ich, erfreut darüber, dass er uns gefunden hatte. Insgeheim stellte ich fest, dass ich wohl doch ein wenig paranoid war.

Maggie entspannte sich sichtlich und kam zaghaft einen Schritt auf uns zu.

„Ich habe Schreie gehört", sagte er und legte seine Hand an die Waffe in seinem Gürtel. „Ist hier alles in Ordnung?"

Maggies Wangen begannen zu glühen, während es nur so aus ihr heraussprudelte: „Oh, es ist furchtbar. Da ist Blut. Sehr viel Blut. Angie hat Leichen entdeckt. Sie sagte, es sind zwei. Menschen sind gestorben. Und ich weiß nicht, wer sie waren oder wer sie getötet hat. Aber es ist so beängstigend. Solche Dinge passieren bei mir zu Hause in Larkhaven nie. Tante Linda pflegt zu sagen, dass man Ärger immer selbst provoziert. Aber ich schwöre, wir wollten uns nur das Festival anschauen. Und jetzt tut Angie so, als müssten wir herausfinden, was hier passiert ist. Ich weiß nicht, wer die Opfer sind. Ich weiß nicht, wer der Mörder ist. Ich weiß nichts, außer dass ich nach Hause will." Nach diesem Monolog sackte sie in sich zusammen.

Officer Bouchard musterte meine Cousine alarmiert. „Okay, jetzt noch mal langsam. Sagen Sie mir bitte zuerst, wer Sie sind und wie Sie die Leichen entdeckt haben.“

Beruhigend legte ich Maggie eine Hand auf die Schulter und gab ihr zu verstehen, dass ich das regeln würde. „Hol dir ein paar Reibekuchen oder noch einen Kakao oder Lebkuchen oder so etwas. Ich werde Officer Bouchard über alles informieren.“

„Soll ich mit ihr gehen, Mami?“, fragte Paisley, die um meine Füße herumsprang.

„Maggie“, rief ich ihr nach. „Nimm Paisley mit.“ Die kleine Hündin rannte freudig bellend los. Ich beobachtete sie, bis Maggie sie auf den Arm nahm, dann wandte ich mich wieder an den wartenden Polizisten. „Komm mit, ich zeige dir, was wir gefunden haben.“

Während wir den kurzen Weg zu der riesigen Weihnachtsbaumskulptur und den dahinter liegenden Leichen zurücklegten, berichtete ich dem mir wohlvertrauten Officer über die nicht erschienenen Preisrichter und dass Mags und ich uns spontan bereiterklärt hatten, deren Vertretung zu übernehmen. Ich klärte ihn auch darüber auf, dass Mags meine Cousine aus Georgia und momentan bei uns zu Besuch war.

„Ich wusste gar nicht, dass ihr Familie in Georgia habt“, sagte er und schaute mich interessiert an.

„Wir bis vor ein paar Monaten auch nicht. Wie dem auch sei, hier ist der Tatort." Ich wies auf die Leichen, was ich mir auch hätte sparen können, denn sie waren wirklich nicht zu übersehen.

„Sind wir jetzt hier fertig?", brummte Octocat. „Ich weiß, dass deine Fantasie gerade mit dir durchgeht und du schon hunderttausend Ideen hast, wer es getan haben könnte und warum. Aber ich habe gehört, dass das Little Dog Diner hier irgendwo einen Stand hat, und ich brauche jetzt dringend ein Hummerbrötchen."

Es gelang mir nur mit Mühe und Not, über die profanen Prioritäten meines Katers nicht die Augen zu verdrehen und ihn zu ignorieren. Stattdessen deutete ich mit dem Kopf auf den schmelzenden Eisspeer und fragte Officer Bouchard: „Weißt du, wer die beiden sind?"

Er steckte die Daumen in die Gürtelschlaufen und wippte auf den Fersen. „Das Gesicht der Frau kann ich nicht sehen, aber ich glaube, der Mann ist Fred Hapley. Er ist Versicherungsvertreter und kommt geschäftlich viel herum. Ich bin mir ziemlich sicher, dass er einer der vermissten Preisrichter ist, die du erwähnt hast. Wenn ich mich recht erinnere, wurde auch er erst in letzter Minute ernannt."

Mein Atem ging schnell und bildete kleine Dunstwolken in der frostigen Luft, während ich mir den Kopf zerbrach, wie wir rasch weiterkommen könnten. „Meine Mutter könnte uns das bestimmt bestätigen, und wahrscheinlich wüsste sie auch, wer die andere Richterin war und ob es diese Frau hier ist. Mom gehört zwar nicht zum Festivalkomitee, aber ich denke, sie weiß das trotzdem, weil sie in ihrer Sendung darüber berichten wird. Soll ich sie dazu holen?"

Bouchard sog hörbar die Luft durch die Zähne ein. „Lass uns damit noch warten, bitte. Nichts gegen deine Mutter, sie ist eine hervorragende Reporterin, aber ich brauche etwas Zeit, um den Fall zu untersuchen und Verstärkung zu holen, bevor sich die Presse einmischt. Das verstehst du doch, oder?"

Ich nickte zustimmend, denn ich wusste nur zu gut, wie versessen meine Mutter sein konnte, wenn es um eine gute Story ging, und wie sehr das manchmal nervte. „Was werdet ihr tun, wenn Besucher in den Skulpturengarten reinwollen?", fragte ich, da ich befürchtete, dass schon bald die ersten Leute auftauchen könnten und es einen Eklat geben könnte.

Er zog eine Augenbraue hoch. „Sagtest du nicht, du und deine Cousine wärt die neuen Juroren?"

„Ja."

„Könntet ihr beide euch für eine Weile an den Eingang stellen und aufpassen, dass niemand hineingeht?"

„Okay, aber was ist mit dem Ausgang?", erwiderte ich, und mein Blick folgte dem roten Band, das auf dem Schild erwähnt worden war.

„Ihr seid zu zweit, dann passt das doch perfekt", meinte er grinsend. „Jede von euch übernimmt einen Posten. Ich werde sicher nicht lange brauchen, aber ich wäre euch wirklich sehr dankbar, wenn ihr mir helfen würdet, damit niemand etwas von der Sache mitbekommt."

„Okay, dann mache ich mich mal auf die Suche nach Mags", sagte ich, obwohl ich eigentlich gar keine Lust hatte zu gehen, bevor wir nicht einen entscheidenden Hinweis hatten.

„Endlich", brummte Octocat. „Ich bin am Verhungern. Ich kann nicht glauben, dass du mich so lange auf mein Hummerbrötchen warten lässt. Damit hast du eines meiner Leben aufs Spiel gesetzt."

Zu diesem Zeitpunkt ahnte er noch nicht, dass sein Hummerbrötchen nicht einmal annähernd unser nächster Programmpunkt war. Ich musste Maggie finden, und dann musste ich rauskriegen, was hinter den Morden an Fred Hapley und seiner noch nicht identifizierten Jury-Kollegin steckte.

6

ch entdeckte Maggie am Reibekuchenstand, wo sie sich die goldgelben, in Apfelmus getunkten Kartoffelpuffer fast schneller in den Mund schob, als sie sie kauen konnte.

„Oh, ich hatte nicht erwartet, dass du so schnell zurückkommst", nuschelte sie, wobei sie sich eine Hand vor den Mund hielt. „Sonst hätte ich dir natürlich etwas aufgehoben." Sie errötete. „Ich bin ein Stressesser, weißt du. Diese Dinger habe ich praktisch mit einem Happs verschlungen."

Ich lachte kopfschüttelnd und war froh, dass sie wenigstens ein bisschen entspannter wirkte als noch vor ein paar Minuten. „Das braucht dir nicht peinlich zu sein. Wir müssen aber noch mal zurück, um Officer Bouchard zu helfen."

Maggie warf den Pappteller in den Mülleimer und wischte sich mit dem Handrücken den Mund ab. „Ist das wirklich nötig? Ich weiß ja nicht, ob so etwas hier öfter vorkommt, aber ich bin es nicht gewohnt, dass irgendwo wie aus dem Nichts ein paar Leichen auftauchen." Sie betonte ihre Worte mit einem deutlichen Südstaatenakzent, der mir sonst nie so bei ihr aufgefallen war. Zweifellos sehnte sie sich gerade nach ihrem behüteten Zuhause in Georgia zurück.

„Nun, das ist sozusagen mein Job als Privatdetektivin", erklärte ich und zuckte entschuldigend mit den Schultern. „Obwohl ich natürlich nicht nur mit Mordfällen zu tun habe. Manchmal geht es auch um andere kriminelle Machenschaften."

„Warum musste das ausgerechnet heute passieren? Ich wollte doch einfach nur das Festival genießen. Du hast mir so viel davon erzählt, und ich hatte mich schon total darauf gefreut. Außerdem ... du hast vielleicht keine Angst, wenn ein Mörder frei herumläuft, ich hingegen schon."

Ich hakte mich bei meiner Cousine unter und marschierte mit ihr zurück zur Eisskulpturenausstellung. „Lass uns bitte nur noch diese eine Sache erledigen – Officer Bouchard braucht unsere Unterstützung. Und dann gehen wir zurück zum Festival und vergessen das Ganze, versprochen."

„Wann bekomme ich mein Hummerbrötchen?",
jammerte Octocat und seufzte resigniert. „Angela,
befreie mich endlich aus diesem grässlichen Folterinstrument, damit ich mir selbst eins holen kann,
denn du bist dazu ja offensichtlich nicht in der
Lage."

Da entfuhr Paisley ein überraschend tiefes Knurren. „Sprich nicht so mit Mami. Sie ist eine echte
Superheldin, und es ist unsere Pflicht, ihr zu helfen."

Octocat erstarrte. Er betrachtete sich selbst als die
Superspürnase – den Sherlock – und mich als seinen
Watson, sodass Paisleys Hinweis, dass ich das Sagen
hätte, ihm bitter aufstieß.

„Falls du es nicht bemerkt hast", entgegnete er
giftig, „sie tut seit geraumer Zeit so, als wären wir
Luft. Warum sollten wir ihr also etwas schuldig sein,
wenn sie uns nicht einmal die Möglichkeit gibt, ihr
zu helfen?"

Jetzt war es Paisley, die jammerte, während sie die
Ohren anlegte und den Schwanz zwischen den
Beinen einklemmte. „Nur weil es nicht einfach ist,
heißt das nicht, dass es nicht das Richtige ist."

„Oh, du liebes, süßes Hündchen", konterte er
sarkastisch, „du musst noch so viel lernen. Zunächst
einmal solltest du dir merken, dass die besten Dinge
im Leben stets die einfachen sind, seien es Sonnenbä-

der, Evian oder mein längst überfälliges Hummerbrötchen."

Nur zu gerne hätte ich mich in dieses Gespräch
eingemischt, doch ich konzentrierte mich darauf, so
schnell wie möglich zum Tatort zurückzukehren.

Maggie schien mehr und mehr den Mut zu verlieren, je näher wir dem Eingang zum Skulpturengarten
kamen.

„Tut mir leid, dass ich dich da mit reingezogen
habe", sagte ich sanft und lächelte sie entschuldigend
an. „Aber der Spuk hat bestimmt bald ein Ende. Wir
müssen nur sicherstellen, dass niemand den Park
betritt, bis Bouchards Verstärkung eintrifft."

Wir erreichten die Eisskulptur der Rose, die den
Anfang der Ausstellung markierte. Ich bat Maggie,
dort stehenzubleiben, und eilte sofort weiter zum
Ausgang.

„Warte! Wo gehst du hin?", rief sie mir mit
zitternder Stimme völlig verunsichert hinterher.

„Ich stelle mich dort drüben hin und behalte
den Ausgang im Auge. Du brauchst nur ein paar
Schritte auf die Straße zu treten, dann kannst du
mich sogar sehen", erklärte ich ihr ruhig. „Schick
mir eine Nachricht, wenn etwas ist oder du dir
einfach nur die Zeit vertreiben möchtest. Wir
werden hier im Nullkommanix fertig sein, und

dann können wir den Rest der Polizei überlassen. Okay?"

Maggie nickte, aber auf ihrer sonst so glatten Stirn erschienen einige Sorgenfalten. „Okay. Aber ehrlich gesagt wäre es mir lieber, wenn wir gleich Grandma Bescheid geben würden und dann so bald wie möglich alle nach Hause fahren. Mir ist das hier nicht mehr geheuer."

So sehr ich das Christmas Festival auch liebte, meine Cousine war mir wichtiger, und ich wollte, dass sie Blueberry Bay mit glücklichen Erinnerungen verließ, nicht mit schrecklichen. Ich würde alles tun, was in meiner Macht stand, damit ihr Urlaub hier nicht zum Horrortrip für sie werden würde.

„Kein Problem, so machen wir das", sagte ich mit einem hoffentlich beruhigenden Lächeln. „Wir können doch auch zu Hause Spaß haben. Was hältst du von frisch gebackenen Plätzchen und einem schönen Weihnachtsfilm?"

Maggie lächelte tapfer und nickte. „Klingt nach einem Plan, Frau Privatdetektivin."

Kichernd wandte ich mich ab, um meinen Platz am Ausgang des Parks einzunehmen. Zuerst flitzte ich jedoch zu Officer Bouchard im Inneren der Spirale hinüber, um ihm mitzuteilen, dass Mags und ich nun auf unseren Posten waren. Als ich wieder am

Ende des roten Bandes angelangt war, zückte ich mein Handy und schrieb in meine Chatgruppe mit Mom und Dad:

Im Eisskulpturengarten gab es einen Mord.

Officer Bouchard sichert den Tatort, Mags und ich passen auf, dass niemand reingeht.

Danach fahren wir nach Hause.

Mags ist etwas fertig mit den Nerven.

Könnt ihr dafür sorgen, dass Grandma gut heimkommt?

Ich feuerte eine Textnachricht nach der anderen ab.

Meine Eltern schrieben beide sofort zurück:

Im Ernst?, kam von meiner Mutter als erste Reaktion.

Bist du in Sicherheit?, wollte mein Vater wissen.

Mir geht es gut, antwortete ich, *aber ich glaube, wir schaffen es heute nicht mehr, die Jury zu spielen.*

Arme Mags, kommentierte Mom mit einem Stirnrunzeln-Emoji. *Jetzt hat sie einen ganz falschen Eindruck von unserem beschaulichen Glendale bekommen.*

Darauf erwiderte ich nichts, doch im Stillen hielt ich es für die perfekte Art, meiner neuen Cousine zu zeigen, wie unser Alltag in letzter Zeit verlaufen war. Seit ich vor anderthalb Jahren zum ersten Mal diesem überheblichen sprechenden Kater begegnet war, war mein ganzes Leben zu einem einzigen Minenfeld geworden, wo an jeder Ecke Gefahr lauerte.

Dank uns hatten einige Verbrechen in dieser Gegend aufgeklärt werden können, was die Bösewichte jedoch anscheinend nicht von weiteren Straftaten abhielt. Nicht einmal an Weihnachten.

Ein eingehender Anruf blinkte auf meinem Display auf. Es war Grandma, die überraschend fröhlich klang: „Was höre ich da, du und Mags wollt früher gehen?"

„Nun, die beiden Leichen haben uns die Lust auf die Veranstaltung doch ein bisschen verdorben", antwortete ich im Flüsterton, damit bloß niemand etwas davon mitbekam.

„Das ist aber schade. Könntest du mir einen kleinen Gefallen tun und Mags schnell fragen, ob ich ihr etwas aus dem Kunsthandwerkzelt mitbringen kann? Sie will doch bestimmt zumindest ein oder zwei Souvenirs haben, oder?"

Ich vernahm eine tiefe Stimme im Hintergrund am anderen Ende der Leitung, konnte jedoch nicht verstehen, was dieser Jemand sagte. „Wer ist da bei dir, Grandma?"

„Nur ein Bekannter, Mr. Milton", antwortete sie

ungewohnt schroff. „Könntest du Mags bitte nach den Souvenirs fragen?"

„Sicher, aber im Moment bewachen wir den Tatort, und es gibt zwei verschiedene Eingänge. Es ist gerade etwas ungünstig …"

„Du bist im Eisskulpturengarten, oder? Der ist doch nicht so groß. Lauf einfach hin und frag sie, damit ich Bescheid weiß."

Ich seufzte, tat aber dennoch, wie mir geheißen. Es hatte keinen Sinn, mit Grandma zu diskutieren, wenn sie sich etwas in den Kopf gesetzt hatte, vor allem nicht, wenn es um eine solche Kleinigkeit ging.

Mein Handy fest in der einen Hand und Octocat unter dem anderen Arm, marschierte ich rasch zum vorderen Eingang des Parks hinüber, dicht gefolgt von Paisley. Ich war gerade um die Ecke gebogen, als ich Maggie erblickte.

Ihre Augen waren weit aufgerissen und ihr Gesicht kreideweiß, als eine vermummte Gestalt sie hinten in den Laderaum eines Lieferwagens zerrte, die Tür zuschlug und Sekunden später mit ihr davonraste …

7

Augenblicklich ließ ich mein Handy und den Kater fallen, der in den frisch angehäuften Schnee am Straßenrand plumpste, und sprintete hinter dem Lieferwagen her.

„Auch wenn ich auf meinen Füßen lande, tut es weh, fallen gelassen zu werden", rief Octocat mir hinterher.

Aber ich hatte keine Zeit, darauf zu reagieren. Ich setzte alles daran, dem Auto zu folgen, obwohl ich natürlich wusste, dass ich zu Fuß keine Chance hatte, es einholen. Doch ich wollte die Verbindung zu Maggie nicht abreißen lassen und hoffte, zumindest das Nummernschild zu erkennen oder einen Blick auf den Fahrer zu erhaschen.

Angestrengt starrte ich dem Fahrzeug hinterher,

jedoch ohne Erfolg. Auch wenn ich keine Brille trug, war ich schon immer ein wenig kurzsichtig gewesen, was wohl auch an meiner Leseleidenschaft lag. Zu allem Übel war das Kennzeichen mit Matsch bedeckt, sodass ich nicht einen einzigen Buchstaben ausmachen konnte und Maggie ins Ungewisse verschwand.

Keuchend hielt ich inne, stütze mich mit den Händen auf den Knien ab und schnappte nach Luft, während Paisley bellend weiterrannte, was neugierige Blicke der Passanten auf sich zog.

„Komm zurück, du Mistkerl!", rief der Chihuahua. „Es ist nicht nett, jemanden mitzunehmen, wenn er nicht mitgenommen werden will. Böser, böser Mensch!"

Nachdem ich mich ein wenig erholt hatte, hielt ich nach Octocat Ausschau, konnte ihn jedoch nirgends entdecken. Vielleicht hatte er sich aufgemacht, um sich sein Hummerbrötchen auf eigene Faust zu besorgen. Oder er hockte irgendwo und spielte die beleidigte Leberwurst, weil ich ihn kurzerhand in den Schnee fallen ließ und ihn überdies gezwungen hatte, das Geschirr zu tragen, das er so sehr verabscheute.

Plötzlich kam jemand in einem leuchtend pinken Mantel auf mich zugestürmt. Grandma näherte sich im Laufschritt, und im Gegensatz zu mir wirkte sie nicht im Geringsten erschöpft.

„Das hast du verloren“, rief sie und drückte mir mein Telefon in die Hand. „Du hast mir einen Riesenschrecken eingejagt. Was ist passiert?“

Nun konnte ich die Tränen nicht mehr zurückhalten. Es war eine Sache, die Leichen von zwei mir unbekannten Personen zu finden, aber eine ganz andere, die Entführung meiner Cousine miterleben zu müssen. Es war meine Aufgabe gewesen, auf sie aufzupassen, mich um sie zu kümmern. Und ich hatte es total vermasselt.

„Sie haben Mags entführt“, schluchzte ich, und meine Stimme bebte dabei genauso wie ihre, als wir vorhin die Mordopfer entdeckt hatten. „Sie haben sie mitgenommen, sie ist weg.“ Grandma nahm mich in den Arm, woraufhin ich noch mehr heulen musste, und während ich mich bemühte, nicht laut aufzuschluchzen, versuchte sie, mich zu beruhigen.

„Alles wird gut,“, säuselte sie mir ins Ohr, „alles wird gut“.

Ihr Bekannter mit der tiefen Stimme trat an sie heran und legte ihr eine Hand auf die Schulter. Ich hatte seine Anwesenheit bis gerade gar nicht bemerkt und empfand ihn in diesem doch sehr persönlichen Moment als Eindringling.

„Wer hat sie entführt?", fragte er laut.

„Ich weiß es nicht", gab ich zurück, beachtete ihn jedoch nicht weiter und hielt den Blick auf meine Großmutter gerichtet. „Ich konnte das Gesicht des Täters, oder vielleicht waren es auch mehrere, nicht sehen. Sie haben sie hinten in einen weißen Lieferwagen gezerrt und sind weggefahren. Nicht einmal das Nummernschild konnte ich erkennen."

„Das ist wirklich eine Schandtat, ganz besonders an Weihnachten", flüsterte Grandma in mein Haar. „Aber wir finden sie wieder, da bin ich ganz sicher."

Sie hielt mich fest, während ich in mich zusammensank und ihr die vielen verzweifelten Fragen, die mir im Kopf herumschwirrten, ins Ohr jammerte. „Was, wenn es dieselben Typen waren, die die Jury ermordet haben? Was, wenn sie auch Mags töten? Es ist alles meine Schuld. Sie kennt hier doch überhaupt niemanden. Ich verstehe das nicht. Warum sollte jemand sie entführen? Ich meine, warum sollte überhaupt irgendjemand Mags entführen wollen, vor allem jemand, der sie nicht einmal kennt?"

Eine kleine Pfote klopfte gegen meine Wade. Ich dachte, es wäre Paisley, doch als ich mich umdrehte und ein Stück hinunterbeugte, saß dort Octocat, der ziemlich selbstzufrieden dreinblickte.

„Jetzt, wo ich endlich satt bin, kann ich etwas

klarer denken", erklärte er und hielt inne, um sich die Pfote zu lecken und sich danach damit über den Kopf zu putzen, was er mindestens ein halbes Dutzend Mal wiederholte, ohne einen weiteren Kommentar von sich zu geben. Ungeduldig beobachtete ich ihn bei seinem Ritual.

Schließlich platzte es aus mir heraus: „Weißt du etwas? Weißt du, wer Mags entführt hat?"

Er ließ seine Pfote zu Boden sinken und starrte mich mit seinen großen, bernsteinfarbenen Augen an.

„Ich habe keinen blassen Schimmer", antwortete Mr. Milton, der wohl annahm, ich hätte mit ihm gesprochen. Wie konnte ich bloß vergessen, dass er hier war? Ich musste vorsichtiger mit meinem Geheimnis umgehen, egal wie sehr ich mich gerade um meine Cousine sorgte.

„*Das* weiß ich natürlich nicht", antwortete Octocat mit einem überheblichen Stöhnen. „Aber eventuell etwas anderes, das uns weiterhelfen könnte." Er hielt erneut inne, um seinen Worten Nachdruck zu verleihen, denn mein Kater war eben eine kleine Drama-Queen. Eines Tages würde ich während seiner theatralischen Pausen noch einen Herzinfarkt bekommen.

„Und?", fuhr ich ihn an und stemmte die Hände

in die Hüften, weil ich es nicht mehr aushielt. Dabei schaute ich Grandma an und tat so, als spräche ich mit ihr, damit Mr. Milton keinen Verdacht schöpfte.

Verdammt. Warum hatte sie diesen Kerl bloß mitgebracht?

„Meine Güte. Sei doch nicht so ungeduldig." Und dann blickte mein Kater mich wieder nur herausfordernd an – offenbar wartete er darauf, dass ich vor Neugier platzte.

Ich biss mir auf die Zunge, während Grandma das Theater mitspielte. Sie gab mir irgendeine Antwort und tat so, als würde ich mich immer noch mit ihr unterhalten.

Nach einigen Augenblicken schien Octocat besänftigt und blinzelte betont langsam, bevor er fortfuhr: „Auch wenn du ein wenig unhöflich bist, werde ich dir meine These verraten. Menschen sehen sich ja alle sehr ähnlich, wie du weißt. Und Mags und du seht euch sogar noch ähnlicher als die meisten."

Obwohl mir bei diesen Worten ein Licht aufging, bat ich ihn trotzdem um eine Erklärung: „Was meinst du damit?"

Großmutter erwiderte daraufhin etwas, aber ich versuchte, nicht hinzuhören, und lauschte weiter Octocats Ausführungen.

Er schüttelte den Kopf, zuckte mit dem Schwanz

und seufzte erneut. „*Ich meine,* wer auch immer Mags entführt hat, wollte wahrscheinlich stattdessen dich mitnehmen. Denk darüber nach, und du wirst zu dem Schluss kommen, dass ich recht habe. Wie immer."

8

n dem Moment, als Octocat es aussprach, wusste ich, dass es stimmte. Maggie kannte außer meiner Familie und mir niemanden in Blueberry Bay, und niemand kannte sie. Niemand hatte einen Grund, sie zu kidnappen. Sie hatte hier zwar keine Freunde, aber auch keine Feinde.

Ich hingegen ... Nun ja, sagen wir mal so, ich habe im Laufe der letzten anderthalb Jahre mehr als nur einem Ganoven das Handwerk gelegt. Aber mich deswegen gleich zu entführen?

Ich beschloss, Grandma zu fragen, was sie davon hielt. Obwohl mir Octocats Theorie plausibel erschien, mochte ich nicht glauben, dass jemand mir Schaden zufügen wollte.

„Glaubst du, die Typen, die Mags verschleppt

haben, hatten es eigentlich auf mich abgesehen? Ihr sagt doch alle immer, wie ähnlich wir uns sehen, und na ja, vielleicht ..."

Sie biss sich auf die Lippe und nickte. „Das wäre durchaus denkbar, oder?", erwiderte sie kopfschüttelnd.

Mr. Milton legte einen Arm um ihre Schultern und zog sie fest an seine Seite. Bei der Vertrautheit dieser Geste drehte sich mir der Magen um.

„Wer könnte sie – oder dich – so dringend entführen wollen, dass er es mitten auf einem überfüllten Festival riskieren würde?", fragte er und musterte mich dabei kritisch.

Obwohl diese Frage berechtigt war, ärgerte sie mich dennoch. Ich wünschte, Grandma würde Mr. Milton bitten, zu gehen und uns die Ermittlungen zu überlassen.

Außerdem stimmte es auch nicht ganz, was er gesagt hatte. Zwar hatten sich die Straßen und das gesamte Festivalgelände im Laufe des Vormittags zusehends gefüllt, aber von großen Menschenmengen konnte nicht die Rede sein, vor allem nicht rund um den Eisskulpturengarten. Dieser lag etwas außerhalb des Hauptgeschehens, und bisher hatten sich nur wenige Besucher dorthin verirrt.

Ich ließ den Blick umherschweifen und stellte

fest, dass sich aktuell vier Personen in unserer Nähe aufhielten, die alle nicht danach aussahen, als hätten sie den Vorfall mit dem Lieferwagen bemerkt. Und falls doch jemand beobachtet hatte, wie ich hektisch hinter dem Fahrzeug herjagte, hatte derjenige den Ernst der Lage nicht erkannt und war weitergegangen.

Grandma schmiegte sich weiterhin an Mr. Milton, obwohl sie ihn nicht mehr ganz so verliebt ansah wie vorhin.

„Ich denke, es dürfte gar nicht so schwer sein, sich hier reinzumogeln und sich jemandem unbemerkt zu nähern, wenn man es darauf anlegt", sagte sie entschieden. „Hier herrscht ein ständiges Kommen und Gehen, es gibt mindestens ein halbes Dutzend Parkplätze, und viele Händler stellen ihre Lieferwagen und SUVs zum Be- und Entladen nahe den Verkaufsständen ab. Da ist es doch relativ einfach, jemanden zu entführen. Zumindest einfacher als normalerweise."

„Ihr stimmt mir also zu, dass meine Theorie plausibel klingt, richtig?", mischte sich Octocat ungeduldig ein. „Ich habe nämlich recht, so wie ich mit den meisten Dingen recht habe. Also wirklich, Angela, du solltest anfangen, mir ein bisschen mehr zu vertrauen."

Ich antwortete ihm mit einem Nicken. Zwar hasste ich es auch, Zeit mit der Erörterung von Fakten zu verschwenden, die bereits feststanden, dennoch konnte ich nicht einfach alles für bare Münze nehmen, was er mir erzählte. Schließlich war er nicht nur oft mürrisch und sarkastisch, einige seiner Ideen waren auch ein wenig zu sehr von den melodramatischen Fernsehsendungen beeinflusst, die er sich gerne vor und nach seinem Morgen- und Nachmittagsnickerchen reinzog.

Octocat hob den Kopf und schnupperte in die kalte Luft. „Kriege ich noch eine Antwort oder machst du dich nur über mich lustig? Es ist alles so kompliziert mit dir, wenn du nicht mit mir redest. Gehen wir also davon aus, dass du das Ziel der Entführer warst, und nicht Mags?"

„Ja", flüsterte ich ihm so unauffällig wie möglich zu. Es schien ihm völlig egal zu sein, ob mein Geheimnis aufflog oder nicht.

„Wie bitte?", fragte Mr. Milton irritiert und runzelte die Stirn.

„Oh, äh, ich rede manchmal mit mir selbst, wenn ich nervös bin", murmelte ich, während ich spürte, wie meine Wangen rot anliefen. „Ich wollte sagen: Ja, Grandma hat absolut recht. Diese Gangster hatten hier leichtes Spiel, und je länger wir damit warten, die Suche nach Maggie aufzunehmen, desto schwieriger wird es, sie zu finden. Wir müssen etwas tun, und zwar sofort."

Grandma löste sich aus Mr. Miltons Umarmung. „Ja, absolut, wir müssen sie suchen."

„Aber sie könnte überall sein", entgegnete Mr. Milton seufzend. „Und diese Leute sind möglicherweise gefährlich. Wir könnten in eine heikle Situation geraten, aus der wir vielleicht nicht mehr herauskommen."

Ich warf ihm einen finsteren Blick zu und fand es unerträglich, dass er sich überhaupt einmischte.

„Wir sind eine Familie", sagte ich. „Da hilft man sich gegenseitig, komme, was wolle."

„Erst recht an Weihnachten", fügte Grandma hinzu und schüttelte verständnislos den Kopf. „Und das machen wir jetzt auch."

„Ja, und wenn Ihnen das zu heikel ist, kommen wir auch gut ohne Sie aus", fügte ich hinzu und hoffte, dass er den Wink mit dem Zaunpfahl verstehen und verschwinden würde.

Er räusperte sich und schaute mich pikiert an. „Nun, ich kann zwei solch reizende Damen wie euch ja nicht allein lassen, schon gar nicht, wenn Gefahr drohen könnte."

Ich zuckte die Achseln. „Wie Sie meinen."

Dann wandte ich mich an Grandma, die sich absichtlich von Mr. Milton wegdrehte. „Als Erstes sollten wir Mom und Dad anrufen, damit sie wissen, was los ist. Wir müssen alles daransetzen, um Mags zu finden – und nicht zu vergessen, den Eisskulpturenmörder."

„O du fröhliche …", seufzte Grandma ironisch.

Dann wandte sie sich an Mr. Milton: „Würdest du uns bitte einen Moment allein lassen, mein Lieber?", bat sie ihn mit einem kleinen Lächeln.

„Ähm, ja, natürlich. Ich werde uns allen ein paar Reibekuchen besorgen. Die sahen gut aus, und vielleicht ist ein warmer Snack jetzt genau das Richtige für uns." Er stapfte davon, sichtlich verärgert über Grandmas Zurückweisung, aber ich war froh, dass er endlich weg war und hoffte, sie würde ihn uns auch für die weiteren Ermittlungen vom Hals halten.

Ihre Augen blitzten entschlossen auf, als sie sich wieder zu mir umdrehte und mir rasch zuraunte: „Ich rufe deine Mutter an", sagte sie. „Du findest heraus, was die Tiere wissen."

„Bin schon dabei", erwiderte ich mit einem Nicken, bevor ich mir die beiden unter die Arme klemmte – zur Freude von Paisley und zum Entsetzen von Octocat.

„Hört zu, ihr zwei", sagte ich, „Hier sind einige Leute unterwegs, also kann ich nicht laut mit euch reden und muss eventuell mitten im Satz abbrechen, wenn mir jemand zu nahekommt. Okay? Dann erzählt mal. Habt ihr etwas Auffälliges gehört oder gesehen? Oder etwas gerochen, das uns einen Hinweis darauf geben könnte, was mit Mags passiert ist?"

Octocat versuchte stöhnend, eine bequemere Position zu finden. Er empfand es anscheinend als höchst unangenehm, an meine Brust gedrückt zu werden, mit der aufgeregt schwanzwedelnden Paisley neben sich. „Für Katzen ist so etwas nichts Besonderes, weißt du. Da kommt alle naselang ein Lieferwagen, in den einer von uns gepackt und in ein Tierheim gebracht wird. Derartige Demütigungen sind *mir* natürlich erspart geblieben, aber wenn einem von uns so etwas passiert, kümmert sich in der Regel kein Mensch darum."

Paisley senkte winselnd den Kopf. „Mir ist es so ergangen. Nachdem meine erste Mami gestorben war, lebten meine Geschwister und ich auf der Straße und waren so hungrig, dass wir nicht wussten, wie es weitergehen sollte. Aber dann kam ein großer Transporter und brachte uns in das Heim. Dort war es nicht ganz so schlimm, und zum Glück kam

Grandma und hat mich dort rausgeholt, und seitdem ist alles perfekt."

Octocat verdrehte die Augen. „Wenn du meinst, dass es Mags jetzt besser geht, weil irgendein vermummter Typ sie in einen Lieferwagen gesteckt und mitgenommen hat, dann irrst du dich aber gewaltig. Bei den Menschen läuft das anders als bei uns."

Paisley winselte erneut. „Aber du hast doch gesagt, dass ..."

„Ich weiß, was ich gesagt habe, Kleines. Manchmal braucht Angela eben ein paar harte Fakten, damit sie merkt, dass ich mitdenke."

Jetzt verdrehte ich die Augen.

„Paisley, Süße", sagte ich sanft, „danke, dass du mir deine Geschichte erzählt hast, aber in diesem Fall hat Octocat recht. Wer auch immer Mags entführt hat, will ihr sicher nichts Gutes."

„Werden sie ihr wehtun?", fragte der kleine Hund und zitterte dabei am ganzen Körper.

„Ich hoffe nicht", flüsterte ich angespannt.

Gleichzeitig antwortete Octocat: „Ja, wahrscheinlich".

Ich unterdrückte ein Schluchzen.

Wenn Maggie etwas zustieße, würde ich mir das nie verzeihen. Nicht nur, weil sie meinetwegen nach

Glendale gekommen war, sondern weil der Entführer höchstwahrscheinlich vorhatte, nicht sie, sondern mich zu kidnappen. Würde er wütend werden, wenn er merkte, dass er die falsche Person mitgenommen hatte? Würde er zurückkommen und versuchen, mich zu schnappen? Würde er sich ihrer entledigen? Sie gehen lassen? Oh, diese Ungewissheit trieb mich nahezu in den Wahnsinn.

9

Fünfzehn Minuten, nachdem er davongestiefelt war, kehrte Mr. Milton mit Reibekuchen auf zwei Papptellern zurück. Grandma nahm ihre Portion lächelnd entgegen und gab ihm einen flüchtigen Kuss auf die Wange. Er bot mir die andere an, doch ich schüttelte den Kopf und lehnte dankend ab. Ich hielt immer noch Octocat fest im Arm, Paisley hingegen war bereits heruntergesprungen und tanzte um Grandmas Füße herum. Ehrlich gesagt rebellierte mein Magen vor lauter Sorge, sodass ich in dem Moment keinen Bissen hinuntergekriegt hätte.

Sie vertilgten rasch ihren Snack, während ich mir den Kopf darüber zerbrach, wie ich am besten vorgehen sollte. „Ich werde Mr. Gable suchen", teilte ich ihnen kurz darauf entschlossen mit, und schon marschierte ich ohne die beiden los, die Straße rechts runter.

„Mami! Mami! Mami! Ich komme auch mit!", rief Paisley und tollte in ihrem albernen Rentierkostüm hinter Octocat und mir her.

Wir fanden Mr. Gable dort, wo er uns am Morgen begrüßt hatte – am Haupteingang des Festivals, nach wie vor als Weihnachtsmann ohne Mantel verkleidet, der die Besucher zu einem flotten Fotoshooting in seinen Schlitten einlud.

Seine Kaninchendame Nini hockte neben der Krippe, halb mit Heu bedeckt, und sah inmitten der vielen Miniaturfiguren aus Plastik, darunter diverse Kühe, Kamele und Engel sowie die Heiligen Drei Könige, völlig fehl am Platz aus.

Mr. Gable hatte gerade eine vierköpfige Familie abgelichtet und wünschte ihnen ein frohes Weihnachtsfest. Dann betrachtete er mich und runzelte die Stirn.

„Angie, was ist los? Wieso bist du so außer Atem? Kommst du vom letzten Rentierspiel?" Er lachte, jedoch nicht schallend, wie man es vielleicht von einem Weihnachtsmann erwarten würde, sondern auf eine ruhige, freundliche Art, wie sie ältere Herren öfters an sich hatten.

Seine Bemerkung erinnerte mich erneut daran, dass ich mich endlich ins Zeug legen musste, um besser in Form zu kommen, zumal meine siebzigjährige Großmutter mich locker abhängen konnte, was sie auch öfters tat.

„Mr. Gable, hat sich die Polizei mit Ihnen in Verbindung gesetzt?" Ich holte mein Handy heraus, um nachzuschauen, wie viel Uhr wir inzwischen hatten. Überraschenderweise waren erst gut dreißig Minuten vergangen, seit ich Officer Bouchard von meiner Entdeckung der beiden Leichen im Eisskulpturengarten erzählt hatte. Also war Maggies Entführung auch noch keine halbe Stunde her.

Mr. Gables Wangen begannen, genauso rot zu glühen wie meine, sodass er nun noch mehr wie der Weihnachtsmann aussah, was mich für einen kurzen Augenblick innerlich schmunzeln ließ. „Warum sollte sich die Polizei gemeldet haben? Was ist passiert?"

Ich wünschte, ich müsste ihm diese Nachricht nicht überbringen, doch es sah so aus, als hätte ich keine andere Wahl. Ich informierte ihn über die Entdeckung der Leichen und darüber, dass wir bereits wussten, dass es sich bei dem getöteten Mann um den Preisrichter handelte, der von seinem Komitee engagiert worden war. Ich erzählte ihm auch, dass man Mags kurz darauf entführt hatte und dass der oder die Täter mit ihr in einem Lieferwagen davongerast waren.

Er starrte mich einen Moment lang mit großen Augen ungläubig an. „Das ist alles heute Morgen passiert? Hier, auf unserem Festival?", erwiderte er mit brüchiger Stimme.

„Ich befürchte ja", sagte ich und zog die Stirn in Falten. „Officer Bouchard ist schon am Tatort und kümmert sich um alles. Er hat bereits Verstärkung angefordert. Und ich konzentriere mich darauf, Mags zu finden und sie heil zurückzubringen."

Da Glendale eine Kleinstadt war, hatten wir das Problem, dass es nicht genug Polizisten gab, um einen Doppelmord zu untersuchen, ganz zu schweigen von einer Entführung obendrein. Deshalb war meine Arbeit als Privatdetektivin umso wichtiger. Officer Bouchard hatte mich aus diesem Grund schon mehr als einmal bei seinen Ermittlungen mit ins Boot geholt.

„Was sollen wir tun?", fragte Mr. Gable, der plötzlich ganz blass geworden war und mich tief erschrocken anstarrte.

„Wir haben diese Veranstaltung fast das ganze Jahr über geplant. Die Händler und all die anderen Akteure kommen aus ganz Blueberry Bay, ebenso wie die Besucher; die reisen teils von noch weiter her an, um sich das Spektakel anzuschauen. Wahrscheinlich befinden sich in diesem Moment Hunderte auf dem Weg hierher. Sollen wir alles dichtmachen und damit große Verluste in Kauf nehmen oder sollen wir versuchen, das Event durchzuziehen, trotz der Verbrechen, die hier heute Morgen begangen wurden?"

Ich schüttelte den Kopf und wünschte, ich hätte eine Antwort darauf. „Das ist so oder so eine Katastrophe. Keine leichte Entscheidung. Ganz ehrlich, ich möchte nicht in Ihrer Haut stecken."

Er seufzte schwer und fuhr sich mit beiden Händen durch sein dichtes, weißes Haar. „Ich hätte nicht gedacht, dass ich als Vorsitzender des Ausschusses jemals eine solche Wahl treffen müsste. Aber auch wenn ich die Leitung habe, sind wir trotzdem ein Team. Ich denke, ich muss die anderen fragen, bevor ich das endgültig entscheide. Was meinst du, Angie?"

Ich setzte Octocat auf dem Vordersitz des Schlittens ab und kletterte neben ihn auf die Bank.

Die kleine Paisley hüpfte unten herum, weil sie es nicht schaffte, allein heraufzuspringen. Also beugte ich mich vor und hob sie hoch. Sie leckte mir sofort das Gesicht und freute sich, nach unserer fünfzehnsekündigen Trennung wieder mit mir vereint zu sein.

„Das klingt vernünftig", sagte ich zu Mr. Gable, vor allem, da mir auch nichts Besseres einfiel. „Ich bleibe hier, um die Leute zu begrüßen und sie zu fotografieren, während Sie mit den anderen aus dem Komitee reden."

„Oh, wunderbar, wunderbar", erwiderte er und drückte mir die kleine Digitalkamera in die Hand. „Würdest du bitte auch auf Nini aufpassen? Sie wird wahrscheinlich einfach weiterschlafen und sollte dir keine Probleme bereiten. Ich habe ihre Leine an das Bein der hinteren Kamelfigur gebunden."

„Natürlich werden wir sie im Auge behalten. Überhaupt kein Problem", versicherte ich ihm.

„Jetzt müssen wir auch noch das Hoppelmoppelchen sitten? Ich fasse es nicht", stöhnte Octocat neben mir.

Mr. Gable lächelte kurz, wobei er jedoch ziemlich unglücklich wirkte. Dann eilte er davon und murmelte dabei etwas vor sich hin.

Ich schaute zum Parkplatz nahe dem Haupteingang hinüber, konnte aber keine neuen Festivalbesucher ankommen sehen, was mir die Gelegenheit gab, erneut mit den Tieren zu sprechen.

„Ich dachte, wir würden Mags suchen", jammerte Paisley.

„Ja, stimmt, das hat sie gesagt", ereiferte sich

Octocat, „aber du weißt ja, wie sprunghaft Menschen sein können. Angela, wie lange werden wir hier festsitzen, weit weg vom tatsächlichen Geschehen?"

Ich wünschte, ich hätte es gewusst. Es gab viele Dinge, die ich in diesem Moment gerne gewusst hätte, und aktuell stand mir nur eine einzige neue Informationsquelle zur Verfügung.

Ich krabbelte von der Sitzbank des Schlittens hinunter und ging auf Zehenspitzen auf die Krippe zu, vorsichtig darauf bedacht, das Kaninchen nicht zu erschrecken, denn bei unserer letzten Begegnung hatte es auf mich recht ängstlich gewirkt. Aber ich wollte unbedingt herausfinden, ob es etwas wusste, das mir weiterhelfen konnte. Wenn ich es jedoch einschüchterte, würde es vielleicht gar nicht mit mir reden. Ich musste das geschickt angehen. *Für Maggie.*

10

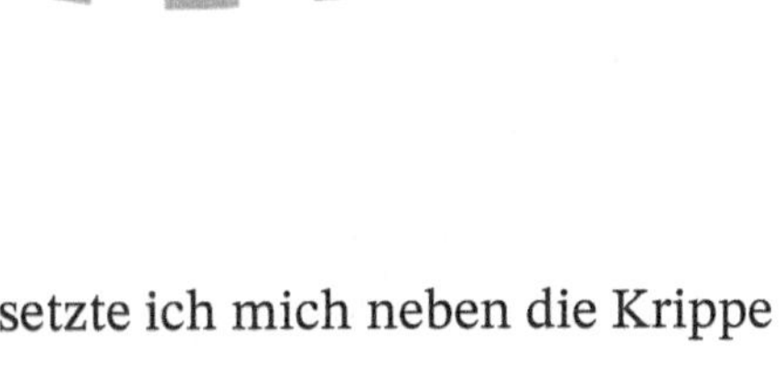

Vorsichtig setzte ich mich neben die Krippe auf den feuchtkalten Boden. Ein eisiger Schauer durchfuhr mich, aber das war mir egal.

„Nini", sagte ich leise, „ich bin's, Angie. Wir haben uns in der Zoohandlung getroffen, als wir dort Fotos mit dem Weihnachtsmann machen wollten. Ich weiß nicht, ob du dich an mich erinnerst, aber …"

Das Heu raschelte, und eine kleine, graue Nase kam zum Vorschein, gefolgt von zwei dunklen Augen. „Ach du meine Güte, ach du meine Güte. Wer bist du denn? Was machst du denn hier? Wo ist Mr. Gable? Willst du mich auffressen? Werde ich jetzt sterben? Das ist ja eine schöne Bescherung. Was für ein Weihnachten …"

Octocat tauchte mit einem süffisanten Grinsen, das seine Schnurrhaare zucken ließ, neben mir auf, und ich war mir unsicher, ob er mir helfen oder sich auf ihre Kosten amüsieren wollte.

„Entspann dich, Kleines", brummte er. „Sie wird dich nicht fressen. Aber ich möglicherweise, wenn du nicht kooperierst."

Er lachte teuflisch, so wie er es immer tat, wenn er absichtlich vor meine Zimmertür kotzte, um mich zu bestrafen, und hatte einen Heidenspaß dabei. Das war jetzt nun wirklich keine große Hilfe, im Gegenteil, er würde alles nur noch komplizierter machen. *Großartig.*

„Oh, frohe Weihnachten, frohe Weihnachten!", stotterte Nini mit einem überraschend ironischen Unterton. „Ich will nicht gefressen werden. Ganz sicher *nicht.* Ich wusste, ich hätte heute nicht aus dem Haus gehen sollen. Mr. Gable hat mich dazu gezwungen, aber ich wollte nicht. Ich wollte einfach nur gemütlich daheimbleiben und Möhrchen essen und so."

Mein Kater zuckte ungehalten mit dem Schwanz und grollte: „Wenn dir deine Möhrchen lieb sind, dann hörst du Angie jetzt gut zu. Und Schluss mit diesem *frohe Weihnachten.* Hast du mich verstanden?"

Das Kaninchen nickte langsam und ließ die langen Ohren hängen. „Tut mir leid", stammelte es ängstlich. „Ich wollte Sie nicht verärgern, Sir. Es ist nur so, dass ich immer auf der Hut sein muss, sonst könnten schlimme Dinge passieren. Wisst ihr, das Leben ist nicht so einfach, wenn man ein Beutetier ist? Jeder hier könnte es auf mich abgesehen haben. Viele Kaninchen haben nicht die Chance, so lange zu leben, wie es mir vergönnt ist, und ich will weiterleben. Ich liebe meinen Menschen."

Paisley gesellte sich zu uns. Ich hatte keine Ahnung, wo sie die letzten paar Minuten gewesen war, aber es schienen immer noch keine neuen Besucher angekommen zu sein, also konnte ich das Gespräch fortsetzen.

„Nini, hast du …", begann ich, aber Paisley unterbrach mich, was sehr untypisch für sie war. Sie stieß ein trauriges Heulen aus, und ihre normalerweise aufgerichteten Ohren fielen nach vorne, während sie den Kopf neigte und das Kaninchen traurig betrachtete. „Oh, du armes Häschen. Das muss ein unvorstellbar hartes Leben für dich sein. Willst du darüber reden? Ich kann sehr gut zuhören."

Ich wollte gerade etwas sagen, um wieder zur Sache zu kommen, als der sichtlich ungehaltene Octocat erneut das Wort ergriff.

„Damit das klar ist: Für Psychokram haben wir jetzt keine Zeit. Wir brauchen Informationen. Wir müssen Mags finden. Das ist unser Ziel, und das dürfen wir nicht aus den Augen verlieren, wir müssen dranbleiben, am Ball bleiben, et cetera pp. So, und jetzt ist Schluss mit lustig ...", sagte er und drehte sich mit wild entschlossenem Blick wieder zu ihr um. „Einer unserer Menschen ist von gefährlichen Männern entführt worden."

Das Kaninchen keuchte erschrocken auf.

„Ja!", rief Octocat theatralisch und nickte dabei. „*Gefährlich.* Und wir müssen sie zurückholen, bevor es zu spät ist." Rasch trat er zwei Schritte vor und ließ demonstrativ die Krallen einer Pfote aufblitzen. „Jetzt sag uns, was du weißt, Karnickel."

Ihr Näschen bebte unaufhörlich, während der Rest ihres Körpers vor Schreck erstarrt zu sein schien. „Ich weiß nicht, was du von mir erwartest", sagte sie leise. „Es tut mir leid, dass deinem Menschen etwas passiert ist, aber ich weiß nichts darüber. Könntet ihr mich jetzt bitte wieder in Ruhe lassen, damit ich mein Nickerchen fortsetzen kann?"

Octocat leckte sich die entblößten Krallen, während er das Kaninchen weiter anstarrte. Ich hatte noch nie erlebt, dass sich mein Kater gegenüber anderen Fellnasen wie ein solcher Mafioso aufführte und nahm mir vor, seine Fernsehgewohnheiten in Zukunft sorgfältiger zu überwachen.

Er wollte erneut etwas sagen, aber ich unterbrach ihn, indem ich ihm eine Hand auf den Rücken legte. „Jetzt mach aber mal halblang", murmelte ich.

„Halblang?", erwiderte er. „Ich habe doch noch gar nicht richtig angefangen."

Ich verdrehte die Augen und wendete mich wieder an Nini. „Du bist doch schon den ganzen Morgen hier und hast mitbekommen, wer hier ein und aus gegangen ist. Hast du jemanden gesehen, der sich auffällig verhalten hat?"

„Ich bekomme alles mit", sagte sie mit einem Nicken. „Das ist das A und O, wenn man am Leben bleiben und nicht zur Beute werden will."

„Okay …", sagte ich gedehnt, da sie meine Frage nicht wirklich beantwortet hatte. „Und ist dir jemand Verdächtiges aufgefallen?"

Daraufhin zuckte erst ihr eines Ohr, dann das andere. „Ich finde jedes Raubtier verdächtig", sagte sie. „Auch dich. Und besonders diesen Kater."

Octocat lachte laut auf, als wäre dieser Ausspruch das Beste, was er je gehört hatte, noch besser als jedes Weihnachtsgeschenk.

„Ich verstehe", sagte ich langsam und hoffte inständig, dass Mr. Gable noch ein paar Minuten brauchen würde, damit wir vielleicht doch noch einen wertvollen Hinweis aus ihr herausbekämen.

„Gab es denn jemanden, der dir noch verdächtiger vorkam als die anderen? Oder der dir auf andere Weise suspekt war?"

Nini dachte kurz nach. „Hm", sagte sie schließlich, „jetzt, wo du es sagst, ja. Da gab es tatsächlich einige Personen, die mir sehr suspekt waren."

Jetzt kamen wir der Sache endlich näher.

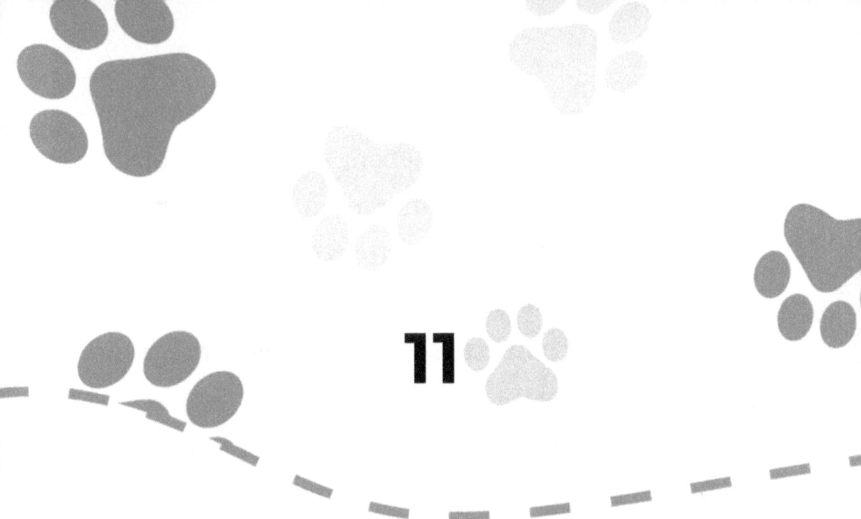

11

„Weißt du, wer Mags entführt hat?“, fragte Paisley und wedelte hoffnungsvoll mit dem Schwanz, während wir alle Nini anstarrten und gespannt darauf warteten, zu erfahren, ob sie etwas Wichtiges beobachtet hatte.

„Wer ist Mags?“, fragte sie verwirrt. „Dein Mensch hat mich gerade gefragt, ob ich jemand Verdächtiges gesehen hätte.“

„Ja, das stimmt“, mischte ich mich ein, um das Gespräch wieder in die richtige Bahn zu lenken. „Erzähl mir bitte von diesen Personen, die dir suspekt waren.“

Nini hob zögernd ein Ohr und ließ es wieder fallen. „Es sind viele Leute vorbeigekommen, und fast alle sind stehen geblieben, um Mr. Gable zu begrüßen und sich fotografieren zu lassen, aber ein paar von ihnen schienen es extrem eilig zu haben."

„Meinst du damit, dass sie nicht fotografiert werden wollten?", hakte ich nach, um sicherzugehen, dass ich sie richtig verstanden hatte.

„Es schien, als wollten sie noch nicht einmal von ihm angesprochen werden. Ich fand es sehr seltsam, dass sich ein Raubtier so verhält. Einer von ihnen schaute sich um, hin und her, wie ich es tue, wenn ich feststellen will, ob eine Gefahr droht. Der andere bewegte sich extrem schnell und hastete ohne jeden Gruß an uns vorbei."

„Das ist wirklich seltsam", stimmte ich nachdenklich zu. „Kannst du mir mehr über diese beiden Personen sagen? Sind sie zusammen gekommen? Wie sahen sie aus? Kamen sie dir bekannt vor?"

Sie blinzelte nachdenklich, während ihr Näschen vibrierte. „Alle anderen haben sich fotografieren lassen, nur die beiden nicht. Sie kamen auch nicht zusammen, sondern erst der eine und nach einiger Zeit der andere. Ich weiß nicht, wer sie waren."

„Weißt du, ob sie männlich oder weiblich waren? Alt oder jung? Kannst du uns beschreiben, wie sie aussahen?"

Nini legte den Kopf leicht zu Seite und beäugte

Octocat einen Moment lang, bevor sie ihre Aufmerksamkeit wieder auf mich richtete. „Keine Ahnung. Ihr Menschen seht euch einfach alle so ähnlich. Ihr habt nicht einmal besondere Farben und Abzeichen an eurem Fell. Das macht es schwer, euch zu unterscheiden."

„Genau", stimmte Octocat ihr zu und nickte. „Habe ich das nicht schon immer gesagt?"

Nini wich zurück. „Das ist alles, was ich euch sagen kann. Mehr weiß ich nicht. Bitte geht jetzt, ja?"

„Danke für deine Hilfe." Ich stand auf und klopfte mir zahlreiche Heuhalme von meinem inzwischen völlig durchnässten Hintern. So ein bisschen Heu konnte den Schnee darunter eben nicht wirklich abhalten. „Wir haben Mr. Gable versprochen, dass wir auf dich aufpassen, aber das können wir auch von etwas weiter weg tun."

„Danke", murmelte sie und schaute uns misstrauisch hinterher.

„Das hätten wir uns sparen können", zischte Octocat und verdrehte schon wieder die Augen. „Genauso gut hätten wir statt dem Karnickel die Krippenfiguren befragen können."

„Wieso, ich finde, Nini hat uns einige wichtige Hinweise gegeben", betonte ich und hielt bedeutungsvoll die Kamera hoch. „Sie hat zwei verdächtige

Personen erwähnt, von denen kein Foto gemacht wurde.“

„Was schlägst du also vor, was wir tun sollen?“, fragte Octocat mit einem unruhigen Schwanzzucken. „Glaubst du etwa, wenn wir alle Fotos auf diesem Ding durchsehen, können wir herausfinden, wer von den Besuchern nicht abgelichtet wurde?“

„Es wäre einen Versuch wert“, sagte ich, beeindruckt, dass er praktisch meine Gedanken gelesen hatte. Andererseits hatte er inzwischen ziemlich viel Erfahrung damit, wie man sich Fotos zunutze machen konnte, seitdem er eine Fernbeziehung mit der schönen Grizabella führte, die als Mini-Influencerin auf Instagram unterwegs war.

„Allerdings gibt es mehrere Eingänge zum Festivalgelände“, fuhr ich fort. „Die Leute müssen nicht unbedingt hier hereinkommen. Von daher haben wir ohnehin nicht von allen Besuchern ein Foto.“

„Und …“, fügte Octocat mit wissender Miene hinzu, wobei er mich mit seinen bernsteinfarbenen Augen anfunkelte, „was für das Karnickel verdächtig ist, muss nicht unbedingt tatsächlich verdächtig sein. Sie meinte, da seien zwei Personen gewesen, die sich komisch verhielten, aber möglicherweise hat keiner von ihnen etwas mit den Morden oder der Entführung zu tun.“

„Ich weiß", antwortete ich seufzend, „aber es ist zumindest ein Anfang."

Ich schaltete die Kamera ein und schaute mir die letzten Aufnahmen an, doch schon kurz darauf musste ich unterbrechen, da sich fast gleichzeitig mehrere Leute näherten.

Grandma und ihr Freund Mr. Milton kamen von der einen Seite, während Mr. Gable aus der anderen Richtung auf uns zueilte. Sekunden später stieß außerdem mein Freund Charles zu uns, der sofort einen Arm um meine Schulter legte und mir einen Kuss auf die Stirn gab.

„Ich habe früher Feierabend gemacht, um dich zu überraschen", sagte er mit einem breiten Grinsen. „Also, was habe ich verpasst?"

Mr. Gable stöhnte, Grandma zuckte zusammen, und Mr. Milton starrte angestrengt zu Boden.

Octocat gab ihm eine ziemlich unfreundliche Antwort, die er ohne meine Hilfe jedoch nicht deuten konnte, was vielleicht auch besser so war. Paisley bellte, stellte sich auf die Hinterbeine und vollführte einen Hüpftanz, um Charles' Aufmerksamkeit zu erregen.

„Hey", sagte er, hob sie hoch und drückte auch ihr einen Schmatzer auf die Stirn.

„Warum seid ihr alle so still?", fragte er und

blickte erwartungsvoll in die Runde. „Ich habe wirklich etwas verpasst, oder?"

Ich legte ihm eine Hand auf die Schulter und informierte ihn so ruhig wie möglich über die beiden Morde und die Entführung sowie über die Tatsache, dass die Kidnapper höchstwahrscheinlich mich anstelle von Mags mitnehmen wollten.

„Und das ist alles vorhin erst passiert?", erwiderte er fassungslos.

Ich nickte traurig. „Ich weiß nicht, was ich tun soll", stöhnte ich. „Hast du eine Idee?"

Mr. Gable räusperte sich. „Ich habe mit den anderen aus dem Ausschuss gesprochen, und wir sind alle der Meinung, dass es das Beste wäre, das Festival abzubrechen. Wir informieren jetzt die Verkäufer und geben ihnen die Möglichkeit, in den Park am Stadtrand umzuziehen. Wir bewachen die Zugänge und schicken alle Besucher weg beziehungsweise zum Park rüber, damit die Polizei ihre Arbeit aufnehmen kann."

Mr. Milton nickte und fasste sich mit Daumen und Zeigefinger nachdenklich ans Kinn. „Wir haben viel zu verlieren, wenn wir die größte Veranstaltung des Jahres absagen. Die Verkäufer werden darüber nicht begeistert sein."

„Es wird ein Verlustgeschäft für sie werden",

stimmte Grandma zu, „aber zumindest verlieren sie nicht ihr Leben."

„Und Letzteres ist schließlich das Wichtigste", stimmte Mr. Gable zu.

„Komm schon", sagte Charles ungeduldig, „lass uns deine Cousine suchen."

Und auch wenn ich für gewöhnlich sehr gut allein meine Frau stehen konnte, war ich jetzt doch froh, ihn an meiner Seite zu haben. Wir würden Maggie finden. Natürlich würden wir das. Es gab gar keine Alternative dazu.

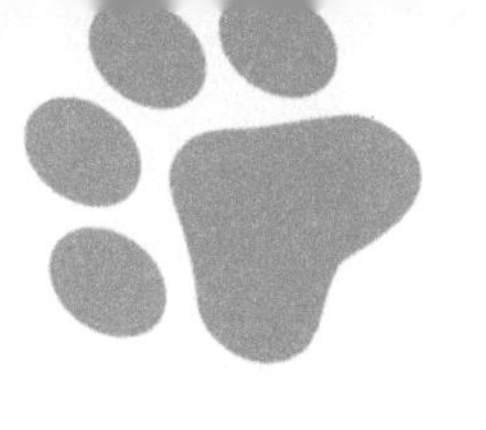

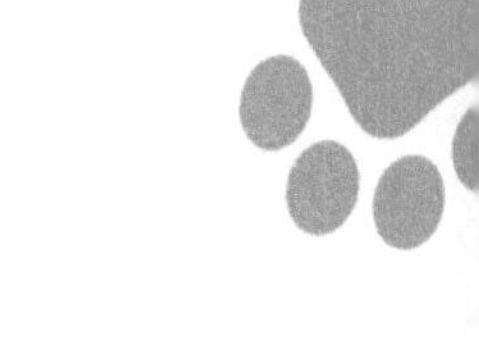

12

„Glaubst du, dass die Verbrechen zusammenhängen?", fragte mich Charles sachlich, als ich ihn zu der Stelle führte, an der Mags verschleppt worden war. Er trug Paisley, während ich Octocat auf dem Arm hatte, der sich zum Glück ausnahmsweise einmal nicht darüber beschwerte.

„Ich weiß es nicht genau." Dann ließ ich den Blick auf dem Boden hin und her wandern, als ob sich dort ein Hinweis entdecken ließe. „Mein Gefühl sagt nein, aber ich will auch keine voreiligen Schlüsse ziehen und am Ende etwas übersehen. Sicher ist sicher."

„Ein guter Ansatz", sagte Charles und drückte meinen Ellbogen, da ich Octocat mit beiden Händen halten musste, um ihn bequem zu tragen, damit er nicht wieder anfing zu jammern. „Es tut mir leid, dass ich nicht früher da war."

„Schon in Ordnung. Du wusstest ja nicht, was los war. *Niemand* konnte ahnen, dass solche schrecklichen Dinge geschehen würden, obwohl Heiligabend ist …"

Wir gingen ein Stück schweigend nebeneinanderher. Charles war in Gedanken versunken, wie so oft. „Vielleicht sind diese Dinge nicht passiert, obwohl Heiligabend ist, sondern eben genau deshalb?"

„Wie meinst du das?", fragte ich und schaute ihn gespannt an, obwohl man gerade höllisch aufpassen musste, um nicht mit einem der vielen abreisenden Händler zusammenzustoßen.

„Nun, vielleicht hat das Christmas Festival unserem Mörder und/oder Entführer eine Gelegenheit gegeben, die er sonst nicht gehabt hätte. Oder vielleicht steht der Mörder irgendwie selbst mit der Veranstaltung in Verbindung. Du sagtest, die beiden Toten waren die Jury des Eisskulpturenwettbewerbs, richtig?"

„Zumindest einer von ihnen." Officer Bouchard hatte die Frau ja nicht identifizieren können, als ich ihm die Leichen zeigte, und wegen der Sache mit

Maggie hatte ich seitdem nicht mehr mit ihm darüber gesprochen.

„Mir ist klar, dass jetzt jede Sekunde zählt“, meinte Charles, als wir uns dem Eisskulpturengarten näherten, „aber wir sollten trotzdem erst kurz mit der Polizei reden. Vielleicht haben sie inzwischen Informationen, die uns bei der Suche nach Mags weiterhelfen können.“

Keine zwei Minuten später fanden wir Officer Bouchard mit ein paar anderen Polizisten in der Nähe der Weihnachtsbaumskulptur. „Angie“, sagte er, „wo bist du denn gewesen? Ich hatte dich schon eher wieder hier erwartet.“

„Oh, hat man dir noch nicht Bescheid gegeben?“, erwiderte ich mit belegter Stimme. „Mags wurde entführt. Direkt da hinten an der Straße hat man sie gepackt und verschleppt.“

„Mags? Deine nette Cousine? Aber warum?“ Er zog die Augenbrauen hoch. „Und warum wurde ich noch nicht darüber informiert?“

Tja, warum eigentlich? Ich glaube, wir waren alle so aufgeregt und so damit beschäftigt, sie zu suchen, dass wir nicht mehr daran gedacht hatten. Grandma hatte wahrscheinlich angenommen, dass ich die Polizei einschalten würde, während ich annahm, sie würde sich darum kümmern. Wenigstens konnte ich es jetzt meinem Lieblingspolizisten persönlich mitteilen.

„Es ging irgendwie alles wahnsinnig schnell", erklärte ich ihm. „Ich kann selbst nicht fassen, dass ich vergessen habe, dich darüber in Kenntnis zu setzen, aber du warst sicher auch beschäftigt."

Er seufzte und bewegte den Kopf zu Seite, sodass es laut knackte. „Beschäftigt ist gar kein Ausdruck."

„Gibt es denn etwas Neues?", fragte Charles und schüttelte dem Officer zur Begrüßung die Hand. „Irgendetwas, das uns helfen könnte, Mags zu finden, während ihr den Mörder jagt?"

„*Jagen* trifft die Sache nicht direkt. Das klingt, als hätte da jemand zu viel Stephen King gelesen", scherzte der Beamte. „Aber ja, wir konnten bestätigen, dass es sich bei dem weiblichen Opfer um unsere zweite Preisrichterin handelt. Eine gewisse Miss Zelda Benedict. Sie unterrichtete Kunst an der Universität in Portland und ist extra von dort angereist, um als Jurorin zu fungieren."

Geräuschvoll sog ich Luft durch die Zähne ein. Alles schien nur noch verworrener zu werden. „Diese Geschichte wird sicher durch die Medien gehen und überall einen schrecklichen Eindruck hinterlassen. *Kommt zum Christmas Festival nach Glendale, dort werdet ihr vielleicht ermordet.*"

„Es ist bedauerlich", stimmte Officer Bouchard zu. „Sie war eine Koryphäe auf ihrem Gebiet. Zweifellos wird man uns so lange Druck machen, bis wir den Schuldigen gefunden haben."

„Hatte sie irgendeine Verbindung zu Fred Hapley?"

„Soweit ich weiß, sind sich die beiden noch nie begegnet. Zumindest nicht, bis sie hier nebeneinander tot im Schnee landeten. Übrigens, Fred Hapley ist mit einer Pistole erschossen worden. Das Ding muss einen Schalldämpfer gehabt haben, da niemand einen Schuss gehört hat. Die Professorin hingegen wurde mit einem Eiszapfen erstochen."

„Aber warum wurden sie auf unterschiedliche Weise getötet?" Charles legte einen Arm schützend um meine Taille und beobachtete die Eisskulpturen um uns herum mit Argusaugen.

„Das haben wir uns auch gefragt", sagte Officer Bouchard nickend. „Es hat den Anschein, als ob der Täter es zunächst nur auf die Professorin abgesehen hatte, dann aber einen zweiten Mord begehen musste, als Fred Hapley am Tatort auftauchte."

„Wir suchen also jemanden, der mit dem Festival gut genug vertraut war, um ein Treffen mit Zelda Benedict im Eisskulpturengarten zu planen, und zwar bevor sich dort die Besucher tummeln würden.

Demjenigen wird aber wohl nicht bewusst gewesen sein, dass Fred Hapley dazustoßen könnte", fasst Charles zusammen.

„Das ist auch unsere Theorie", pflichtete ihm der Officer bei und streichelte Paisley kurz über den Kopf. „Aber ich verstehe nicht, wie die Entführung von Angies Cousine damit zusammenhängen könnte. Sie kam erst nach den beiden Morden am Tatort an, und da war der Täter vermutlich schon über alle Berge. Warum sollte sie also jemand mitnehmen?"

„Vielleicht ist der Killer gar nicht abgehauen, sondern hat sich in der Nähe versteckt, um die Lage im Blick zu behalten", spekulierte ich und drückte Octocat fest an meine Brust, weil mir das ein wenig Mut gab. „Möglicherweise hat er uns die ganze Zeit beobachtet, als wir die Leichen entdeckt, sie dir gezeigt und uns auf unsere Wachposten begeben haben. Aber wenn dem so wäre, warum hat er dann nur Mags und nicht auch mich gekidnappt?"

„Fragen über Fragen, und bisher haben wir leider nur sehr wenige Antworten." Officer Bouchard ließ den Kopf hängen und seufzte. „Ich werde die Entführung auf dem Revier melden. Wir haben zwar jetzt alle Hände voll mit den Morden zu tun, aber die Einsatzkräfte aus den Nachbarstädten sind ohnehin in Bereitschaft wegen des Festivals. Und die Kollegen aus Dewdrop Springs haben die letzten Jahre mit einer ganzen Reihe von Geiselnahmen zu tun gehabt. Die sind mittlerweile Experten für so was. Aber mit Mordfällen haben wir mehr Erfahrung. Die kommen in unserer kleinen Stadt inzwischen ja viel zu oft vor."

„Danke für die Hilfe", murmelte ich. Dieser Tag erschien mir wie ein einziger Albtraum.

„Ich wünschte, ich könnte mehr tun. Aber wie ich dich kenne, bist du dem Entführer schon selbst auf der Spur."

Wir verabschiedeten uns, und Charles, die Tiere und ich machten uns auf den Weg zu der Stelle, an der ich Maggie zum letzten Mal gesehen hatte, bevor sie verschleppt wurde und der Horror so richtig losging.

Hoffentlich würden wir bald einen entscheidenden Hinweis finden. Ich hatte immer noch keine zündende Idee, wo wir mir der Suche nach meiner verschwundenen Cousine anfangen sollten, und je mehr Zeit verstrich, desto verzweifelter wurde ich.

„Bitte, lieber Gott", flüsterte ich in gen Himmel, der inzwischen dicke Schneeflocken auf uns herabfallen ließ. „Bitte mach, dass es ihr gut geht."

13

Es hatte heute zwar bisher nur leicht, dafür jedoch beständig geschneit, sodass meine Fußspuren, die ich hinterlassen hatte, als ich hinter dem Entführerauto her spurtete, nun bereits größtenteils mit frischem Schnee bedeckt waren. Fast ein Dutzend weiterer Abdrücke schlängelten sich den Bürgersteig und die Straße entlang, was die Rückverfolgung meiner Schritte zusätzlich erschwerte.

Immer mehr Menschen erreichten das Festivalgelände, nur um direkt wieder weggeschickt zu werden. Ob dies den Untergang der beliebtesten Tradition unserer Stadt darstellte?

Egal, das spielt jetzt keine Rolle.

„Hier haben sie sie entführt", sagte ich zu Charles

und deutete auf eine Gasse, die von der Straße mit den Geschäften abging. „Dort ist er reingefahren, und dann habe ich ihn aus den Augen verloren."

„Ich bin auch hinterhergerannt!", rief Paisley stolz, „aber der große, böse Van war zu schnell für mich."

Manchmal fragte ich mich, ob mein Chihuahua glaubte, dass auch andere Menschen sie verstehen könnten. Vielleicht hielt sie es aber auch einfach für höflich, mit jedem zu reden, egal, ob man sie verstand oder nicht.

„Der Schnee hat die meisten Reifenspuren überdeckt, aber ich sehe immer noch einige leichte Rillen." Charles bückte sich und berührte den Boden. „Folgen wir ihnen so weit wie möglich, um zu sehen, wohin sie führen."

„Die Kidnapper waren aber nicht die einzigen, die hier mit dem Wagen durchgefahren sind", brummte Octocat auf meinem Arm. „De facto kommt fast jeder mit dem Auto her. Da sind wir und der Kotzbrocken doch auch keine Ausnahme."

„Eine interessante Beobachtung", erwiderte ich und war dankbar, dass gerade niemand außer uns in dieser kleinen Straße zu sehen war.

„Was sagt er?", fragte Charles und zog die Augenbrauen hoch.

Er hatte definitiv gemerkt, dass mein Kater mal wieder schlecht über ihn sprach. Irgendwann hatte ich meinem Freund verraten, welchen Spitznamen Octocat für ihn hatte – *Kotzbrocken*. Und obwohl Charles inzwischen wusste, wie der kleine Kerl tickte, hasste ich es, ihm all die sarkastischen Sprüche übersetzen zu müssen, die der Kater regelmäßig vom Stapel ließ.

„Äh … nichts", antwortete ich gedehnt, schaute die Gasse hinunter und hoffte, etwas zu entdecken, um schnell das Thema wechseln zu können – vorzugsweise etwas, das uns zu Mags führen würde.

„Ich merke es, wenn er fiese Sprüche klopft", sagte Charles und lachte leise.

„Echt jetzt?" Erst dachte ich, er hätte das nicht ernst gemeint und mich bloß ein wenig veräppeln wollen, aber er schaute mich mit festem Blick an. „Wie kannst du das wissen?"

Charles zuckte mit den Schultern und legte einen Arm um meine Taille.

Paisley hüpfte unterdessen vor uns her, während Octocat es vorzog, weiter von mir getragen zu werden, um ja keinen Fuß in den feuchten Schnee setzen zu müssen.

„Ich weiß es nicht. Ich merke es einfach. Vielleicht liegt es an Jacques und Jillianne. Seitdem ich selbst Katzen habe und mich viel mit ihnen beschäftige, habe ich eine Menge über sie gelernt. Oder vielleicht kann ich Octocat und seine Art inzwischen einfach besser einschätzen."

„Du glaubst doch nicht, dass du ...“ Ich hielt inne. Diese Frage war beinahe zu verrückt, um sie zu stellen, aber wenn Charles wirklich an Octocats Tonfall erkennen konnte, ob er gerade eine spöttische Bemerkung machte, konnte er womöglich ...

„Verstehst du ihn?“, fragte ich, wobei ich jedes Wort betont in die Länge zog.

„Nein“, antwortete er und lachte wieder in sich hinein. „Das ist wohl auch besser so. Es genügt mir zu wissen, dass er mich durch den Kakao zieht. Seine Worte tatsächlich zu verstehen wäre eine ganz andere Nummer, vor allem, wenn wir gerade versuchen, einen Fall gemeinsam zu lösen. Und ganz besonders, wenn es dabei um Mags geht.“

Charles war seit der Ankunft meiner Cousine ein paar Mal bei uns gewesen, und die beiden hatten sich auf Anhieb prächtig verstanden. Aber das war auch typisch für ihn – er kam einfach mit jedem super zurecht.

Außerdem wusste ich, wie viel es ihm bedeutete, dass ich glücklich war und es den Menschen, die ich liebte, gut ging – Charles Longfellow war wirklich ein guter Kerl. Er wollte für jeden nur das Beste. Das machte ihn auch zu einem so fantastischen Anwalt. Für seine Mandanten gab er immer alles.

„Mami! Mami!" Paisley kläffte aufgeregt und stürmte in ihrem Rentierkostüm auf uns zu. Ich war so sehr in Gedanken versunken gewesen, dass ich gar nicht bemerkt hatte, dass sie ein ganzes Stück vorausgelaufen war.

„Maaaamiiiii!", rief sie erneut wie eine kleine Sirene, „ich rieche sie, ich rieche sie!"

„Was riechst du, Süße?", fragte ich und versuchte, die Hoffnung zu unterdrücken, die in mir aufkeimte. Paisley gab zwar immer ihr Bestes, um uns zu helfen, aber durch ihre unbekümmerte Art fehlte ihr oft die nötige Skepsis, um eine gute Detektivin abzugeben.

Nun hüpfte sie um uns herum und wedelte so heftig mit dem Schwanz, dass ich dachte, sie würde umfallen. Obwohl ich wusste, dass es Grandma lieber sein würde, wenn die kleine Hündin bei diesem Wetter in der Stadt ihr Mäntelchen anbehielt, beschloss ich, Paisley aus ihrem übertriebenen Kostüm zu befreien. So würde sie nicht mehr ständig Gefahr laufen umzukippen und uns besser unterstützen können. Während ich ihr das Teil auszog, musste ich an den Hund in dem Film „Der Grinch" denken, der auch kurzerhand als Rentier verkleidet wurde.

„Danke, Mami", sagte sie mit einem glücklichen Seufzer und schüttelte ihr Fell, wie sie es immer tat, nachdem sie gebadet wurde. Hoffentlich würde sie nicht anfangen, wie eine Verrückte herumzuspringen und sich wie wild herumzurollen, denn das wären die nächsten Schritte ihres Reinigungsrituals.

„Das fühlt sich viel besser an", rief sie und schüttelte sich erneut, verzichtete aber glücklicherweise auf einen weiteren Freudentanz. „Willst du wissen, was ich rieche?"

„Ich weiß, was sie riecht", sagte Octocat, der weiterhin auf meinem Arm thronte und ein leises Schnurren von sich gab. „Diese frittierten Kartoffeldinger."

„Hey, du bist gemein", jammerte der Chihuahua. „Ich wollte es ihr sagen. Ich wollte Mami helfen, damit sie mich lobt, was für ein guter Hund ich bin."

„Du bist der beste Hund der Welt, Paisley, und keine Sorge, du kannst es mir immer noch sagen. Schieß los!"

Selbst wenn Octocat diese neue Duftspur nicht entgangen war, hatte er uns erst einmal nichts davon gesagt, also war meines Erachtens Paisley diejenige, die hier das ganze Lob verdient hatte.

Sie rollte sich einmal auf dem Boden, sprang dann wieder auf und sang: „Es sind die Rei-rei-reibekuchen! Mags hat eine Menge davon gefuttert. Sie hat mir ein kleines Stück abgegeben, aber ich mochte es nicht. Ich glaube, ich hätte lieber ein Hummerbrötchen wie Octocat gehabt."

Das war das passende Stichwort für den Kater. „Im Little Dog Diner machen sie hammermäßige Hummerbrötchen. Sollen wir noch eins essen gehen, bevor wir nach Hause fahren?"

„Nicht jetzt", schimpfte ich mit ihm. „Es riecht hier also nach dem Essen, das Mags sich kurz vor ihrer Entführung geholt hatte?"

Paisley nickte und stolperte dabei leicht zur Seite, da sie sich anscheinend erst wieder daran gewöhnen musste, nicht mehr in dem Kostüm zu stecken und sich normal bewegen zu können. „Ja, genau, und es kommt aus dieser Richtung." Sie drehte sich einmal um sich selbst, rannte einige Meter die Gasse hinunter und sah sich erwartungsvoll zu uns um.

„Okay, auf geht's!", rief ich und drückte Octocat Charles in die Arme, weil ich wusste, dass er mit dem zusätzlichen Gewicht schneller laufen konnte als ich. Unter keinen Umständen wollte ich den kleinen Kerl zurücklassen und riskieren, dass er abhandenkommt. Noch mehr Probleme konnte ich jetzt wirklich nicht gebrauchen. Wir mussten meine Cousine wiederfinden, das war jetzt am allerwichtigsten, und zumindest drei der vier Mitglieder unseres kleinen Suchtrupps sahen das genauso.

Wir joggten los. Der Chihuahua raste voraus, kam aber zwischendurch an meine Seite geflitzt, um mich in hohen Tönen anzufeuern. „Mami, du schaffst das! Du bist eine gute Läuferin! Ja, so ist es gut! Komm schon, Mami!"

Ich fand sie als Cheerleaderin zwar niedlich, aber es war nicht gerade hilfreich. Endlich, als sich meine Beine durch das ungewohnte Rennen in meiner engen Jeans schon leicht kribbelig anfühlten, blieb Paisley stehen, gab ein leises Knurren von sich und starrte zu Boden. Charles und ich wurden langsamer.

„Das war ja furchtbar", beschwerte sich Octocat. „Das will ich nicht noch einmal erleben." Ich ignorierte ihn und folgte Paisleys Blick.

„Hier, Mami, guck mal!" Die Chihuahua-Hündin vibrierte, weil sie offensichtlich ein wildes Schwanzwedeln zu unterdrücken versuchte. „Dieser Ort riecht sehr nach Mags."

Charles und ich bückten uns, um einige Gegenstände am Boden zu untersuchen, die teilweise mit Schnee bedeckt waren.

„Das liegt daran, dass das Mags' Sachen sind",

keuchte ich. Mit zittrigen Händen hob ich ihre plüschige, weiße Baskenmütze und ihr Handy auf, sowie die silbern glänzende Menora, die sie erst an diesem Morgen gekauft hatte.

„Warum hat sie sie hiergelassen?", fragte Paisley mit einem leisen Winseln.

„Ich glaube nicht, dass das Absicht war." Ich verstaute die drei Teile in meiner Umhängetasche. „Nein, sogar ganz bestimmt nicht."

„Und was machen wir jetzt?", fragte Octocat.

Gleichzeitig meinte Charles: „Eine heiße Spur ist doch immer wieder eine feine Sache."

„Aber was machen wir jetzt?", wiederholte ich Octocats Frage.

„Na, wir folgen unseren Spürnasen", antwortete er trocken.

Ich liebte Charles' Fähigkeit, selbst in den schwierigsten Situationen die Ruhe in Person zu bleiben. Sogar mein Kater schien sich weniger zu beschweren und konzentrierte sich auf unseren Fall. Wir arbeiteten jetzt als ein Team, und das verlieh uns Superkräfte.

Maggie, halte durch, wir kommen!

14

harles rief Grandma an und ich parallel meine Mutter. Sie nahm nach dem ersten Klingeln ab. „Hey, Schatz. Hast du Mags gefunden?"

„Noch nicht", antwortete ich geknickt. „Aber wir haben eine Spur. Kannst du mit Dad herkommen? Wir sind in der kleinen Straße, die von der Third Street abgeht, direkt neben dem Pfannkuchenladen, weißt du, wo?"

„Alles klar, wir kommen!", versprach sie, bevor sie auflegte.

Charles umarmte mich und murmelte in mein Haar: „Alles wird gut, wir werden sie finden. Deine Grandma ist auch schon auf dem Weg hierher, und sie hat gesagt, dass sie einen Freund mitbringt, der bei der Suche hilft.“

„Das wird wieder dieser Mr. Milton sein“, erwiderte ich mit kühler Stimme.

„Wer ist das denn? Ich glaube nicht, dass ich ihm schon einmal begegnet bin.“

„Ich habe ihn auch erst heute kennengelernt. Es ist irgendwie voll seltsam, dass er sie ausgerechnet heute begleitet und uns dauernd dazwischenfunkt.“

„Vielleicht mag er deine Großmutter einfach sehr und will ihr helfen, um sie glücklich zu machen“, meinte Charles achselzuckend und ließ mich los.

Ich schüttelte den Kopf, weil ich mir das nicht vorstellen konnte, vor allem angesichts seiner Reaktion vorhin. „Ja, oder vielleicht ist er der Mörder, nach dem wir alle suchen.“

„Das glaubst du doch nicht wirklich, oder?“, erwiderte Charles leicht empört.

„Ja. Nein … Ich weiß nicht. Es kommt mir halt komisch vor.“

„Na gut, wenn du Zweifel an ihm hast, dann müssen wir ihn unter die Lupe nehmen. Wir könnten versuchen, ihm gleich ein paar Fragen zu stellen.“

„Ja, mal sehen.“

„Redest du von Grandmas neuem Freund?“, mischte sich Octocat ein und verzog angewidert die Oberlippe. Wenigstens waren wir uns in diesem

Punkt einig. „Der Kerl hat doch gar nicht die Murmeln, um jemanden zu töten.“

„Die Murmeln?“, fragte ich verwirrt.

„Ja, du weißt schon. Die, die junge Kater haben, bevor sie zum Tierarzt gebracht werden und …“

„Ach die!“, unterbrach ich ihn, bevor er seine Ausführung fortsetzen konnte.

„Trotzdem kommt er mir ziemlich verdächtig vor“, fügte er hinzu. „Hast du ein Bild von ihm auf Mr. Gables Kamera gesehen, als du dir die Fotos angeschaut hast?“

„Stimmt, die Kamera!“ Ich schlug mir an die Stirn. Wir hatten ganz vergessen, uns die Bilder anzusehen. „Ich rufe Mr. Gable an und frage ihn, ob wir uns die mal kurz ausleihen können.“

Mr. Gable war in seiner Funktion als Vorsitzender des Festivalkomitees gerade zu beschäftigt, um lange sprechen zu können, doch er teilte mir rasch mit, dass er die Kamera an die Polizei übergeben habe, bevor er den Anruf beendete.

„Siehst du“, sagte Charles und legte seinen Arm beruhigend um meine Schulter, während Octocat schweigend im Schnee saß. „Jemand geht der Sache bereits nach. Wir sind nicht allein bei der Suche nach Mags.“

„Ehrlich gesagt, ich glaube nicht, dass Mr. Milton

sie entführt hat, aber er könnte trotzdem der Mörder sein. Ich weiß es nicht. Es ist nur seltsam, dass ein Kerl, den wir noch nie zuvor getroffen haben, sich plötzlich in unsere Angelegenheiten einmischt."

Daraufhin schwieg er nachdenklich, bis Mom und Dad kurze Zeit später eintrafen. Sie umarmten ihn zur Begrüßung.

„Das ging ja schnell", sagte er.

„Wir waren nicht allzu weit weg, hatten uns gerade mit Officer Bouchard unterhalten, drüben bei den Eisskulpturen. Es wird euch freuen zu hören, dass die gesamte Polizei von Dewdrop Springs und Misty Harbor auf der Suche nach Mags ist, während das Glendale-Team weiter in dem Doppelmord ermittelt."

„Ist das nicht super?", sagte mein Dad mit seinem typischen verschmitzten Grinsen. „Je mehr Leute, desto besser. Und desto schneller werden wir sie finden. Und wir *werden* sie finden, Angie."

Ich zwang mich zu einem Lächeln. „Ja, das sagen alle. Ich hoffe bloß, dass du recht behältst."

„Du musst daran *glauben*", ermutigte mich Dad und lächelte noch breiter.

„Hört zu", flüsterte ich, damit niemand außer uns es hören konnte. „Bevor Grandma gleich hier eintrudelt, wollte ich euch nur sagen, dass ich ihrem neuen

Freund, den sie ständig im Schlepptau hat, nicht traue."

„Willst du damit sagen, dass du *Mr. Milton* verdächtigst?", fragte Mom irritiert, wobei ihre Stimme immer schriller wurde.

„Ich will damit lediglich sagen, dass ich mir bei ihm nicht sicher bin und ihn als Verdächtigen nicht völlig ausschließen kann, denn ich habe keine Ahnung, wer er ist und wie gut Grandma ihn kennt. Wisst ihr etwas über ihn?"

Mom fuhr sich nachdenklich mit den Fingern durch die Haare. „Ich bin ihm ein- oder zweimal auf Caraway Island begegnet, weil ich dort für verschiedene Storys unterwegs war. Er wirkte damals recht vernünftig auf mich."

Caraway Island. Das war der einzige Teil von Blueberry Bay, den ich kaum kannte. Nicht nur, weil man die Fähre nehmen musste, um auf diese Insel zu gelangen, sondern auch, weil sie außer der reizvollen Landschaft nicht viel zu bieten hatte. Natürlich fand ich die gepflegten Strände und das Ambiente am Meer auch toll, aber dafür musste ich nicht erst auf ein Schiff steigen, denn das gab es praktisch bei uns um die Ecke.

„Was hast du gegen Caraway Island?", fragte Charles und zog verwundert eine Augenbraue hoch.

Manchmal vergaß ich einfach, dass er erst seit anderthalb Jahren hier lebte, weil er in dieser Zeit zu einem solch festen Bestandteil meines Lebens geworden war. Ursprünglich stammte er jedoch aus Kalifornien, und deshalb kannte er noch nicht alle lokalen Besonderheiten, die das Leben in Glendale mit sich brachte.

„Zum einen waren die Caraway Island Cavaliers schon immer die größten Rivalen des Basketballteams meiner Highschool", zählte ich ihm Grund Nummer eins auf und hielt demonstrativ den rechten Zeigefinger hoch. „Zum anderen", fuhr ich fort und erhob nun auch den Mittelfinger, „fahren wir aus Glendale regelmäßig nach Misty Harbor, Cooper's Cove und Dewdrop Springs, und umgekehrt kommen die Leute von dort auch alle hierher. Die von der Insel hingegen bleiben für gewöhnlich unter sich, als wären sie sich zu fein für uns."

Geografisch gesehen gehörte Caraway Island zu Blueberry Bay, aber gefühlt gehörten sie überhaupt nicht zu uns. Vielleicht hatte ich deswegen Vorbehalte gegenüber Großmutters neuem Freund – oder was auch immer er war –, weil er von dieser fremden kleinen Insel kam.

„Ich würde mir nicht allzu viele Sorgen machen, Angie. Ich weiß, dass wir alle gewisse Vorurteile gegenüber den Caraway-Leuten hegen, aber Grandma mag Mr. Milton, und sie ist eine gute Menschenkennerin." Mom wollte mich wohl beruhigen, aber wirklich überzeugend klang sie nicht dabei.

„Kann sein", sagte ich und wendete nervös den Blick ab, weil ich immer noch so ein ungutes Gefühl hatte.

„Habt ihr noch etwas Neues für uns? Gibt es irgendwelche Fortschritte?", fragte Charles.

Hätten meine Eltern nicht direkt daneben gestanden, hätte ich ihm in diesem Augenblick einen dicken, fetten Kuss gegeben, so froh war ich über den Themenwechsel.

„Ich bin an meiner Story drangeblieben, *Der Doppelmord im Eisskulpturengarten*", sagte Mom, wobei ihre Stimme genauso theatralisch klang wie die von Octocat, wenn er eine wahnsinnig spannende Geschichte von sich gab. „Das Neueste ist, dass sie herausgefunden haben, aus welcher Skulptur die Mordwaffe herausgebrochen wurde, dieser Eisdolch. Obwohl er schon fast geschmolzen war, als die Polizei eintraf, konnten sie ihn der Schwanenskulptur zuordnen."

„Die habe ich gesehen", sagte ich. „Sie ist wunderschön."

„Sie war wunderschön. Und weißt du, wer sie

gemacht hat? Pearl aus dem Tierheim. Die kennst du doch, oder? Ich kann dir sagen, sie war am Boden zerstört, als sie erfuhr, dass ihre Kunst dazu benutzt wurde, diese arme Frau zu töten. Vor allem, weil sie Zelda Benedict kannte und mit ihr befreundet war."

„Meinst du, Pearl könnte die Täterin sein?", schaltete Charles sich ein.

„Ach du meine Güte, nein!", stieß Mom hervor und sah Charles fassungslos an. „Die gute Pearl ist noch eine ganze Ecke älter als Grandma und bei weitem nicht mehr so rüstig. Ich finde es schon sehr erstaunlich, dass sie es überhaupt schafft, ihren Zwergspitz hochzuheben, und der wiegt keine drei Kilo. Sie hätte sicher nicht die Kraft gehabt, diesen riesigen Eiszapfen erst abzubrechen und ihn dann ihrer Freundin ins Herz zu stoßen. Nein, Pearl kann das nicht getan haben, völlig ausgeschlossen."

„Hey, worüber steckt ihr die Köpfe zusammen?" Meine Großmutter näherte sich mit dem für sie typischen Elan, wobei sie sich bei Mr. Milton untergehakt hatte.

„Danke, dass ihr so schnell gekommen seid", sagte Charles, der keine Sekunde verschwendete, jetzt, wo die Versammlung komplett war. „Wir haben Mags' Sachen hier auf dem Boden verstreut gefunden. Also liegt es nahe, dass der Entführer in diese Richtung verschwunden ist. Mehr wissen wir im Moment noch nicht, aber es ist ein guter Ausgangspunkt. Könnt ihr uns bei der Suche helfen?"

„Ich hole das Auto", sagte Dad mit einem Nicken. „Bin so schnell wie möglich wieder bei euch."

„Ich gehe meins auch holen", meldete sich Mr. Milton zu Wort.

„Und ich meines", sagte Charles. „Angie, ich bin gleich wieder da. Okay?"

„Okay." Ich nickte, und er gab mir einen flüchtigen Kuss auf die Wange.

Während mein Freund mit den anderen beiden Männern davoneilte, nahmen sich Mom und Grandma fest in den Arm. Umarmungen wurden bei uns schon immer großgeschrieben, besonders in schwierigen oder gefährlichen Situationen, und die hatte es bei uns in der letzten Zeit im Überfluss gegeben. Dass Maggie nun in eine solche Sache mit hineingezogen worden war, tat mir unendlich leid.

„Habt ihr irgendwelche Theorien?", fragte ich, obwohl ich nicht davon ausging, es aber trotzdem hoffte.

Grandma legte den Kopf schief. „Ich kann immer noch nicht fassen, dass eines der Opfer mit einem Eiszapfen und das andere mit dem Schuss aus einer

Pistole getötet wurde. Das passt irgendwie nicht zusammen, als wäre es nicht geplant gewesen."

„Das stimmt", meinte Mom. „Und es scheint keinerlei Verbindung zwischen den beiden zu geben, außer der Tatsache, dass sie heute umgebracht wurden."

„Ja, da muss noch so einiges aufgeklärt werden", erwiderte ich. „Natürlich will ich auch, dass der Täter gefasst wird und seine gerechte Strafe erhält. Aber im Moment ist Mags das Wichtigste. Habt ihr dazu noch irgendwelche Vermutungen?"

„Nur, dass sie eigentlich dich mitnehmen wollten, wie wir schon besprochen hatten", antwortete Grandma stirnrunzelnd. „Und diese Vorstellung gefällt mir ganz und gar nicht."

„Zumindest haben sie sie nicht direkt getötet, sondern nur gekidnappt. Das ist doch schon mal positiv, oder?", meinte Mom und schaute zwischen mir und Grandma hin und her, wohl in der Erwartung, zumindest eine von uns würde ihr zustimmen.

„Ich hoffe es", sagte ich schließlich zum gefühlt hundertsten Mal an diesem Tag. Bis wir Mags wohlbehalten zurückhatten, war es das Einzige, was uns blieb – Hoffnung.

15

Mein Vater war als Erster wieder mit dem Auto zur Stelle, und Charles traf kurz darauf ein.

„Okay", instruierte ich alle, bevor wir uns auf den Weg machten, obwohl Mr. Milton noch fehlte. „Wir suchen nach einem weißen Transporter mit einem komplett verdreckten Nummernschild. Es wäre auch möglich, dass sie den Wagen inzwischen gewaschen haben, aber das wissen wir eben nicht. Es ist die berüchtigte Nadel im Heuhaufen, ich weiß, aber wir müssen es zumindest versuchen."

„Alles klar", rief Dad und hob den Daumen in die Luft. „Lasst uns unser Mädchen zurückholen."

Ich öffnete die Beifahrertür von Charles' schickem Wagen, und Paisley sprang sofort hinein. Er hob sie hoch und setzte sie auf den Rücksitz, während ich vorsichtig einstieg und Octocat, der kein Fan vom Autofahren war, auf meinen Schoß nahm. Obwohl es inzwischen schon viel besser geworden war, gruben sich seine Krallen manchmal immer noch in meine Oberschenkel, wenn es ihm zu schnell ging oder jemand scharf um die Kurven fuhr.

Sobald ich mich angeschnallt hatte, ließ Charles den Motor an und fuhr los. „Wo soll ich gleich abbiegen?", fragte er mich, nachdem wir an der Hauptstraße angekommen waren.

Jetzt konnte ich mich nur noch auf meine Intuition verlassen und hoffen, dass sie mich nicht im Stich ließ. Aus irgendeinem Grund zog es mich nach links.

Langsam rollten wir durch eine der vornehmeren Wohngegenden Glendales und hielten intensiv nach dem weißen Lieferwagen Ausschau.

„Das können wir vergessen", sagte ich nach zehn Minuten, die sich wie eine Ewigkeit anfühlten. „Wenn diese Typen so schlau waren, eine Entführung zu planen, dann haben sie sich bestimmt auch überlegt, wie sie sich unauffällig aus dem Staub machen können."

„Mag sein", erwiderte Charles, fuhr jedoch unbeirrt weiter. „Aber wir müssen es trotzdem versuchen."

„Hast ja recht", stimmte ich ihm zu, und wir setzten unsere Suche schweigend fort.

Zu meiner Überraschung stemmte Octocat beide Vorderpfoten gegen den unteren Rand des Fensters und beobachtete die Umgebung mit scharfem Blick. Dabei bewegte sich sein kleiner Kopf entschlossen hin und her. *Würde er derjenige sein, der sie aufspürt?*

Wenn wir nach Sonnenuntergang immer noch hier draußen unterwegs wären, hätte er die besten Chancen, etwas zu erspähen. Schließlich war er der Einzige von uns, der gut im Dunkeln sehen konnte.

Ich hoffte inständig, dass wir sie vorher finden würden. Je länger es dauerte, desto höher war das Risiko für Mags. Wir hätten sie schon längst aufspüren sollen. Sie hätte nie entführt werden dürfen.

„Mami!", rief Paisley ungeduldig vom Rücksitz. „Ich kann nichts sehen, aber ich will euch auch helfen."

„Hat sie etwas entdeckt?", fragte Charles auf ihr Bellen hin.

„Nein", übersetzte ich, ohne meinen Blick von der Straße abzuwenden. „Sie kann von dort hinten nichts erkennen und will doch auch mithelfen."

Charles klopfte mit einer Hand auf seinen Schoß. „Oh, dann komm her, Kleines."

Das brauchte er Paisley nicht zweimal zu sagen. Sie sprang auf Charles' Schoß, wo sie nun mit den Pfoten an der Tür stand, in der gleichen Position wie Octocat.

„Da sind so viele Autos!", merkte sie an. „Aber nur eines davon hat Mags mitgenommen."

„Sehr scharfsinnig", brummte mein Kater, doch Paisley ignorierte ihn.

Charles fuhr immer geradeaus, und wenn wir nicht bald die Richtung änderten, würden wir irgendwann in Cooper's Cove landen. Könnte Maggie dorthin gebracht worden sein?

Mir taten die Augen weh, und das linke Augenlid zuckte nervös, so angestrengt starrte ich nach draußen, während mein Puls raste und mein Gehirn auf Hochtouren lief. Wie sollte man bei all den Ereignissen einen klaren Kopf bewahren?

Zwei Menschen wurden getötet, aber der Mörder hatte es vielleicht nur auf eine Person abgesehen. Kurz darauf wurde meine Cousine entführt, doch womöglich hatte man mich stattdessen kidnappen wollen. Wir wussten nicht, ob diese Verbrechen zusammenhingen und ob derselbe oder dieselben Täter dahintersteckten, oder ob es nur ein großer Zufall war, dass beides so kurz hintereinander geschah. Ich hatte keine Ahnung, wer mich verschleppen wollte, wer den beiden Preisrichtern das angetan hatte und warum. Und wo Maggie sein könnte, wusste ich auch nicht. Das war definitiv viel zu viel auf einmal.

Zudem zählte jetzt jede Minute! So erschütternd die Untersuchung von Morden auch oft sein mochte, man arbeitete dabei in der Regel nicht so sehr gegen die Zeit, da die Opfer nicht mehr zu retten waren. Maggie hingegen konnte noch gerettet werden.

„Ich mag es nicht, wenn du das tust", sagte Octocat und drehte sich mit einem kritischen Blick zu mir um.

„Wenn ich was tue?"

„Wenn du in Panik gerätst. Ich kann es riechen, und es ist kein guter Geruch."

„Du meinst meine Stresshormone?"

„Wie auch immer du sie nennen willst, sie müffeln echt fies. Und außerdem tust du dir selbst keinen Gefallen damit, weil du dann nicht mehr logisch denken kannst. Sobald du anfängst, dich verrückt zu machen, funktioniert auch dein Spürsinn längst nicht mehr so gut."

Hm ... Ich musste gestehen, dass er mich mit seiner Psychoanalyse ganz schön verblüfft hatte und brauchte einen Augenblick, um eine passende Antwort darauf zu finden.

Octocat war jedoch noch nicht fertig: „Wie viele Fälle haben wir jetzt schon zusammen gelöst? Zehn oder so? Und jedes Mal, egal was passiert ist, hast du die Nuss geknackt. Also, genau genommen meistens ich, aber du warst dabei und hast mich unterstützt, so wie es sich für eine gute Assistentin gehört. Du würdest mir jetzt viel mehr helfen, wenn du dir einen Moment Zeit nähmst, um dich zu fassen. Lass es uns wie in *Law & Order* angehen – zuerst müssen wir das Verbrechen aufklären, und dann können wir uns darum kümmern, den Opfern Gerechtigkeit widerfahren zu lassen."

Daraufhin summte er eine Melodie, die schwer nach der Titelmusik seiner besagten Lieblingsfernsehserie klang. Und auch wenn das hier das echte Leben war, das man sicher nicht mit irgendeiner TV-Sendung vergleichen konnte, hatte mein Kater dieses Mal absolut recht.

Ich hatte mich zu sehr darauf fixiert, was als Nächstes passieren könnte, anstatt mich darauf zu konzentrieren, was wir bereits wussten und was bereits geschehen war, um genau dort anzusetzen und darauf aufzubauen.

Also nahm ich mir seinen Rat zu Herzen und atmete mehrere Male tief durch. Dabei ließ ich mir die Fakten beider Fälle noch einmal durch den Kopf gehen.

„Worüber denkst du nach?", wollte Charles wissen und sah mich kurz an, während wir weiterhin in Richtung Cooper's Cove fuhren.

„Ich gehe noch mal alle uns bekannten Fakten durch und versuche, die Dinge logisch zu betrachten. Bis gerade konnte ich vor lauter Sorge um Mags kaum mehr klar denken."

„Du entspannst dich also ein wenig?", fragte er mit einem kleinen Lächeln.

„Ich bin immer noch wahnsinnig besorgt", gab ich seufzend zu, „aber ich muss das für den Moment beiseiteschieben, damit wir weiterkommen. Octocat hat mich daran erinnert."

Charles beugte sich zu uns herüber und streichelte Octocat über den Kopf. „Er ist ein guter Kater, wenn er nur will."

„Ja, das ist er", stimmte ich zu und lächelte den kleinen Tiger liebevoll an. „Das ist er wirklich."

„Und wie siehst du das Ganze jetzt?", fuhr Charles fort. „Irgendwelche neuen Erkenntnisse?"

Ich schwieg eine Weile, um meine Gedanken zu sortieren. „Also, ich kann mir nicht vorstellen, dass die Morde und die Entführung miteinander verknüpft sind. Ich glaube eher, dass sie rein zufällig am selben Ort passierten.“

„Das macht Sinn“, sagte er. „Und weiter?“

„Meines Erachtens waren nicht einmal die beiden Morde geplant, sondern nur einer, also erscheint es mir noch unwahrscheinlicher, dass die Täter obendrein vorhatten, mich nahezu zeitgleich zu entführen.“

„Immerhin hast du dir in den letzten anderthalb Jahren jede Menge Feinde gemacht“, erinnerte mich Octocat und schlug dabei unruhig mit dem Schwanz.

Ich übersetzte seine Bemerkung für Charles, und mein Freund grinste. „So ist das, wenn man für das Gute kämpft. Dann gibt es immer einige Böse, die meinen, sie hätten ein Hühnchen mit dir zu rupfen.“

Beim Wort „Hühnchen“ wurde mein Kater hellhörig, doch ich konzentrierte mich darauf, mit meinen logischen Schlussfolgerungen weiterzukommen. „Aber wer könnte es dermaßen auf mich abgesehen haben, dass er versucht, mich zu kidnappen?“

„*Hm*. Lass uns mal überlegen, wer dafür in Frage kommen würde. Da waren zunächst die Leute, die mit Ethel Fultons Tod und dem Erbstreit zu tun hatten.“

Octocat zuckte zusammen. Auch wenn ich

wusste, dass er jetzt bei mir glücklich war, vermisste er seine ursprüngliche Besitzerin dennoch jeden Tag.

Charles fuhr mit seiner Aufzählung der Straftäter fort, an deren Verhaftung wir beteiligt gewesen waren, sodass am Ende mehr als ein Dutzend möglicher Verdächtiger zusammenkamen.

„Sieht so aus, als hätte der Kater recht", scherzte er. „Es gibt einen ganzen Haufen Leute, die einen Grund hätten, sich an dir rächen zu wollen. Aber wem würde es wirklich etwas nützen, dich zu entführen? Verurteilt sind sie ja bereits, und daran lässt sich nichts mehr ändern."

„Zuletzt haben Octocat und ich den Mord im Zug und den in der Zoohandlung aufgeklärt."

„Die aus dem Zug wurden festgenommen, richtig?", fragte Charles und zog eine Augenbraue hoch.

„Ja, sie sind im Gefängnis und so auch einige der anderen, die wir überführt haben."

Er nickte nachdenklich. „Selbst wenn sie im Gefängnis sitzen, heißt das nicht, dass sie nichts damit zu tun haben. Sie könnten Handlanger haben, die für sie arbeiten."

„Du meinst also, dass wir niemanden ausschließen können?"

Er schüttelte resigniert den Kopf. „Nein, nicht wirklich."

Mein Handy in Charles' Becherhalter summte, wo ich es direkt nach dem Einsteigen hineingesteckt hatte.

„Es ist Grandma!", rief ich, nahm den Anruf entgegen und stellte ihn auf Lautsprecher.

„Angie, Liebes", schallte es durch den Wagen, „sie haben Mags gefunden! Sie ist in Sicherheit!"

Tränen traten mir in die Augen. „Oh, Gott sei Dank ... Gott sei Dank." Meine Stoßgebete waren erhört worden.

„Wir sind schon auf dem Weg", versprach ich Grandma.

„Ja, wir auch. Zur Polizeiwache. Wir sehen uns dort."

16

Wir erreichten die Wache von Glendale in Rekordzeit. Charles behauptete zwar felsenfest, das Tempolimit nicht überschritten zu haben – schließlich hält man sich als Anwalt an die gesetzlichen Vorschriften. Trotzdem hätte ich schwören können, dass er die ganze Zeit mindestens fünfzehn km/h schneller war als erlaubt, denn ich hatte zwischendurch auf den Tacho geschielt. Aber die Polizisten unserer Stadt waren momentan ohnehin anderweitig beschäftigt.

Als wir das Polizeigebäude betraten, waren Grandma und Mr. Milton schon da, und Mags schien gerade dort abgeliefert worden zu sein.

„Ich bin so froh, dass es dir gut geht!", rief ich und rannte auf sie zu, um sie an mich zu ziehen. Ein lauter Schluchzer entrang sich meiner Kehle, als ich sie in den Armen hielt. Um ein Haar hätte ich sie womöglich für immer verloren, nachdem uns das Schicksal doch erst kürzlich zusammengeführt hatte.

Meine Cousine starrte mich mit glasigen, weit aufgerissenen Augen an, ihr Gesicht war leichenblass.

„Sachte, sachte. Lassen Sie ihr einen Moment Zeit", wies mich der Beamte zurecht, mit dem sie hereingekommen war. „Sie hat einen ziemlichen Schock erlitten."

Ich schluckte und trat einen Schritt zurück, in der Hoffnung, dass sie mit mir sprechen würde, aber sie gab keinen Ton von sich und stand einfach nur stumm da, während wir anderen uns auf die Besucherstühle sinken ließen.

Mom und Dad trafen etwa fünf Minuten nach uns ein und umarmten Mags genauso fest wie ich.

„Wow", sagte der Beamte und lachte leise. „Ich wusste nicht, dass wir hier ein Familientreffen veranstalten würden."

Mom bedachte ihn mit einem kühlen Blick, aber niemand sagte mehr etwas. Erst als Mags sich leise räusperte und ihre Augen von einem zum anderen wanderten und schließlich an mir hängenblieben.

„Angie", sagte sie tonlos, wobei sie immer noch abwesend wirkte. *„Angie"*, wiederholte sie nachdrücklich, „die wollten nicht mich, sondern dich."

„Ich weiß", antwortete ich mit einem Nicken.

Charles, der Octocat auf dem Schoß hielt, lehnte sich dicht zu mir herüber.

Paisley war längst zu Grandma gesaust und leckte ihr ausgiebig übers Gesicht, was sie mit zärtlichen Streicheleinheiten erwiderte.

Mags streckte ihren Arm aus und strich Octocat über sein weiches, gestreiftes Fell. „Sie nannten mich immerzu Russo", sagte sie, „und ich glaube, sie haben es nicht gecheckt, dass ich nicht du bin."

„Wer sind *sie?* Und warum überhaupt diese Entführung?" Es brach mir das Herz, dass man ihr das angetan hatte, vor allem, weil ich nun mit Sicherheit wusste, dass es meine Schuld war.

„Ich weiß es nicht", antwortete sie und legte die Stirn in Falten. „Sie haben mir im Wagen die Augen verbunden und meine Hände auf dem Rücken gefesselt. Ich konnte keinen von ihnen richtig sehen."

„Wie viele waren es? Männer? Frauen?", fragte ich und hoffte verzweifelt, dass dies bald einen Sinn ergeben würde, damit man die Schuldigen schnappen und für ihre Taten bestrafen könnte.

„Ähem, ich bin derjenige, der hier die Fragen stellt, ja?", knurrte der anwesende Polizist. Ich kannte ihn nicht, wahrscheinlich einer der Beamten von außerhalb Glendales. „Ich würde mich gerne einen Moment mit der jungen Dame allein unterhalten ..."

Meine Cousine hob beschwichtigend eine Hand. „Nein, sie sind meine Familie, und ich möchte, dass sie dabei sind. Alles, was Sie mich fragen wollen, können sie auch hören."

„Okay", sagte der Beamte und nickte einmal kurz, obwohl es ihm offensichtlich gegen den Strich ging. „Zunächst möchte ich Sie bitten, mir die Entführer zu beschreiben. Wie viele waren es? Männer? Frauen? Ist Ihnen irgendetwas Besonderes an ihnen aufgefallen, an ihren Stimmen, zum Beispiel, oder irgendetwas, das Sie gehört oder gerochen haben?"

Die gleichen Fragen hatte ich mir auch schon zurechtgelegt und einige davon ja auch bereits gestellt. Aber der Officer wollte sich anscheinend das Zepter nicht aus der Hand nehmen lassen, also sagte ich nichts.

Mags schüttelte langsam den Kopf. „Soweit ich

das beurteilen kann, waren es zwei. Ein Mann und eine Frau. Wie gesagt, ich konnte nichts sehen, nur hören. Als der Mann mich ins Auto zog, hatte ich meine Sachen noch bei mir. Ich hatte heute Morgen von den netten Damen auf dem Markt eine Menora aus massivem Metall gekauft, und das Teil habe ich dem Typen so fest ich konnte über den Kopf gezogen. Es hat aber nicht gereicht, um ihn auszuschalten. Daraufhin hat er mir alles weggenommen und aus dem Fenster geworfen."

Ich griff in meine Tasche und holte die Sachen heraus, die wir im Schnee entdeckt hatten. „Wir haben sie gefunden", sagte ich und gab sie ihr zurück. „Und dass du versucht hast, diesen Mistkerl auszuknocken, war wirklich eine coole Aktion." Ein kleines Lächeln huschte über Maggies Gesicht, doch danach verhärteten sich ihre Züge wieder.

„Sie nannten mich immer wieder Russo, und ich habe sie nicht korrigiert, weil ich dich nicht in Gefahr bringen wollte. Ich wusste nicht, was sie tun würden, wenn sie gemerkt hätten, dass ich gar nicht diejenige war, für die sie mich hielten. Ich hatte solche Angst, Angie."

„Das glaube ich dir", sagte ich mit brüchiger Stimme.

„Sie waren total wütend und schnauzten mich

immer wieder an, ich solle meine Nase nicht in Angelegenheiten stecken, die mich nichts angingen. Und sie sagten, dass mir etwas Schlimmes zustoßen würde, viel schlimmer als das hier, wenn ich Ihnen noch einmal in die Quere käme."

„Aber wer?", presste ich hervor und konnte mir einen lauten Seufzer nicht verkneifen.

Große Tränen rannen Maggies Wangen hinunter. „Keine Ahnung. Ich wünschte, ich könnte es dir sagen, dann könntest du dich besser schützen. Ich weiß nur, dass mit denen nicht zu spaßen ist. Sie drohten, dass sie auf jeden Fall wiederkommen würden, wenn du dich nicht fügst. Worauf wollten die hinaus, Angie? In was bist du da hineingeraten? Irgendwelche Drogengeschäfte?"

„Ganz sicher nicht!" Ich legte ihr beruhigend eine Hand auf die Schulter und drückte sie. „Das muss etwas mit meiner Arbeit als Privatdetektivin zu tun haben. Ich habe schon so einigen ziemlich üblen Gestalten das Handwerk gelegt."

Der Polizist kratzte sich am Kinn. „Eine Privatdetektivin also, aha." Ich nickte und ließ es dabei beruhen.

Er wandte sich wieder Mags zu. „Das Ganze sollte also eine Art Warnung für Sie sein, und danach wollten die Sie wieder gehen lassen, richtig?", fragte er.

„Ich glaube, sie wollten mich eigentlich länger behalten, aber aus irgendeinem Grund haben Sie kalte Füße bekommen. Vielleicht sind sie in Panik geraten, weil Sirenen zu hören waren. Ich weiß es nicht, ich habe das nicht richtig mitgekriegt. Sie haben angehalten, mich irgendwo rausgeschmissen und sind abgehauen. Als ich sicher war, dass sie nicht zurückkommen würden, habe ich wie wild versucht, die Fesseln an meinen Händen zu lösen. Und als ich das geschafft hatte, konnte ich mir endlich die Augenbinde abnehmen und habe mich zur nächsten Straße geschleppt."

„Und da haben wir Sie gefunden", schloss der Beamte.

„Ja." Maggie drehte sich zu mir um. „Kaum zu glauben, dass das nicht einmal eine halbe Stunde her ist."

„Heute sind ziemlich viele unglaubliche Dinge passiert", sagte Grandma.

Mr. Milton, der bis jetzt geschwiegen hatte, räusperte sich. „Sie haben dich nach Dewdrop Springs gebracht, also stammen sie möglicherweise auch von dort. Der Ort ist berüchtigt. Viele kriminelle Machenschaften in Blueberry Bay gehen auf das Konto von Leuten aus Dewdrop Springs."

Alle Augen richteten sich auf ihn. Niemand wollte ihm widersprechen, aber es stimmte ihm auch niemand zu.

„Ich denke, die Täter können von überall her stammen", sagte ich schließlich. „Und ich bezweifle, dass sie so dumm wären, einfach nach Hause zu fahren, nachdem sie sich Mags geschnappt hatten."

„Willst du damit sagen, dass wir Dewdrop Springs ausschließen sollten?", fragte Mr. Milton gereizt.

„Nein, aber es gibt viele Möglichkeiten, und wir sollten keine davon ausschließen."

„Kannst du uns sonst noch irgendetwas erzählen, Mags?", fragte Mom und legte einen Arm um die Schulter ihrer Nichte.

„Nein, mehr fällt mir jetzt nicht ein", antwortete sie düster.

Ich blieb ruhig. Die Ärmste hatte schon so viel durchgemacht heute. Es hatte keinen Sinn, sie zu bitten, sich an mehr zu erinnern, als sie uns bereits erzählt hatte.

Aber hieß das, wir würden den Entführern nicht mehr auf die Spur kommen? Wahrscheinlich. Zumindest nicht im Moment. Doch warum hatten sie kalte

Füße bekommen? Und würden sie wirklich noch einmal wiederkommen?

War ich deswegen nun ständig in Gefahr, weil ich damit rechnen musste, dass sie jederzeit wieder zuschlagen könnten? Sie hatten gesagt, ich solle aufhören und mich heraushalten, aber womit sollte ich aufhören? Und ehrlich gesagt kam es überhaupt nicht infrage, mich von meiner Arbeit als Privatdetektivin abhalten zu lassen, nur weil ein paar Bösewichte sauer auf mich waren.

Ich wollte mir keine Angst einjagen lassen, aber das alles regte mich gerade furchtbar auf. Ich war wütend, dass Maggie wegen mir so etwas Schlimmes durchmachen musste, wütend, dass es überhaupt passiert war, und wütend, dass wir uns immer noch mit diesem Mr. Milton herumschlagen mussten.

Daher beschloss ich, etwas gegen seine Anwesenheit zu unternehmen. „Meint ihr, wir könnten das unter uns weiter besprechen, nur die Familie?"

Ich schaute meine Eltern eindringlich an und hoffte auf ihre Unterstützung, aber Grandma schaltete sich sofort ein: „Willst du damit sagen, dass Mr. Milton nicht willkommen ist?"

„Ich denke nur, es wäre besser", erwiderte ich, „wenn wir allein wären."

Als Grandma daraufhin nichts zur Verteidigung

ihres Begleiters vorbrachte, wurde Mr. Milton ziemlich ungehalten. „Ich versuche doch nur zu helfen“, brummte er.

Da meldete sich Mags mit ihrer immer noch entrückten und irgendwie unheimlichen Stimme zu Wort: „Angie hat recht. Ich will, dass er geht.“

Mr. Milton warf Großmutter einen letzten missbilligenden Blick zu und stürmte nach draußen.

17

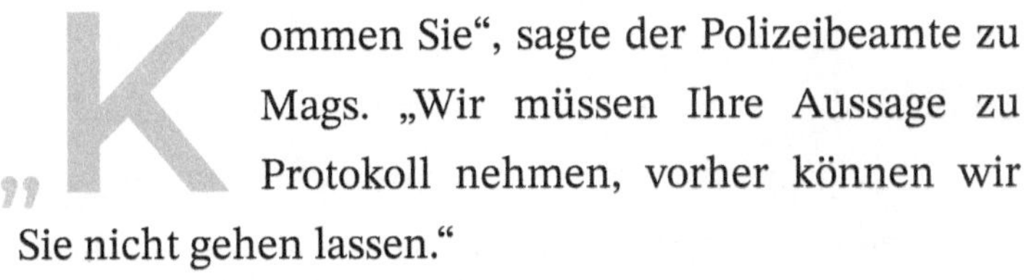

„Kommen Sie", sagte der Polizeibeamte zu Mags. „Wir müssen Ihre Aussage zu Protokoll nehmen, vorher können wir Sie nicht gehen lassen."

„Soll ich dich begleiten?", bot Charles an.

Mags schüttelte den Kopf. „Ich habe nichts Falsches getan, also brauche ich auch keinen Anwalt, aber danke."

Wir sahen ihr hinterher, während der Rest von uns im Warteraum zurückblieb, wo ich so viel Abstand wie möglich zu der schmutzigen Kaffeemaschine hielt, die dort stand. Nach wie vor hatte sich nichts an meiner Angst vor diesen gruseligen Geräten geändert. Schließlich war es solch ein Teil gewesen, das mir aus heiterem Himmel die Fähigkeit verliehen hatte, mit Tieren zu sprechen. Es wäre also durchaus denkbar, dass eine andere alte Kaffeemaschine mir diese Fähigkeit einfach wieder rauben könnte. Das wollte ich auf keinen Fall riskieren.

„Wie geht es dir?", fragte Charles, der neben mir an der Wand lehnte und mich besorgt musterte.

„Ich bin wahnsinnig erleichtert. Es fühlt sich wirklich so an, als wäre mir ein riesiger Stein vom Herzen gefallen", sagte ich. „Diese Sache hat mich dermaßen belastet, dass ich die letzten Stunden kaum noch atmen konnte. Wirklich gemerkt habe ich das aber erst, als wir wussten, dass sie gefunden wurde und keine schlimmen Verletzungen davongetragen hat."

„Das ging mir auch so", stimmte Mom zu und griff nach der Hand meines Vaters.

„Leider haben wir nicht viele Informationen über die Entführer", sagte Grandma mit besorgter Miene. „Ich bin mir nicht sicher, ob wir sie so erwischen können, Liebes."

„Das kriegen wir schon hin. Ich weiß ja jetzt, dass sie hinter mir her sind, also sollen sie doch kommen, ich bin bereit", versicherte ich ihr.

„Vielleicht wollten sie dich nur warnen und es dabei belassen", mutmaßte mein Vater. „Du lässt dich davon doch nicht beirren, oder?"

„Natürlich nicht", antwortete Grandma an meiner Stelle. „Angie hat sich überhaupt nichts vorzuwerfen."

Ich lächelte meine Eltern an. „Das wäre ja noch schöner. Jetzt, wo wir Mags zurückhaben, müssen wir uns darauf konzentrieren herauszufinden, wer die Preisrichter getötet hat."

„Was hast du vor?", fragte Mom, und in ihren Augen blitzte die Neugierde auf.

„Ich denke, ich werde noch einmal mit Mr. Gable sprechen. Er ist derjenige, der am meisten über das Christmas Festival weiß, weil er als Vorsitzender des Komitees alles mitgeplant hat."

„Vergiss nicht, dass er auch derjenige ist, der am meisten über die Gäste weiß", erinnerte mich Charles. „Er hat Fotos von jedem gemacht, der durch den Haupteingang kam."

„Stimmt, die Kamera!", rief ich. „Sie muss noch hier auf dem Revier sein. Ich hatte noch keine Gelegenheit, die Bilder durchzusehen."

„Dieser Beamte schien nicht sehr erpicht darauf zu sein, uns in seine Ermittlungen einzubeziehen", brummte Dad. „Glaubst du wirklich, er würde uns ein solch wichtiges Beweisstück überlassen?"

Charles schüttelte daraufhin den Kopf. „Mag sein,

dass er das nicht will, aber ich wette, Officer Bouchard kann ihn vom Gegenteil überzeugen.“

„Ich kümmere mich darum“, rief Mom eifrig und wedelte mit ihrem Telefon herum. Einen Moment später hatte sie es schon am Ohr und lächelte siegessicher, als der Officer sich meldete.

„Ja, ich bin's, Laura Lee. Mags ist wieder da, das haben Sie ja sicher schon gehört. Das heißt, wir können euch jetzt helfen, den Eisskulpturenmörder zu finden.“

Ich konnte nicht hören, was Bouchard erwiderte, aber was auch immer er sagte, meine Mutter ließ sich nicht bremsen.

„Natürlich weiß ich, dass ihr alle hart daran arbeitet“, sagte sie nickend, „aber ihr wisst ja, was für eine Superspürnase meine Angie ist, und ich glaube, sie hat den Fall sowieso schon so gut wie gelöst.“

O nein, typisch meine Mutter. Ich signalisierte ihr mit einer Kopf-ab-Geste, sie solle nicht dermaßen übertreiben, aber es war zu spät.

Mom lächelte noch breiter. „Ja, ja, wir müssten nur noch einen Blick auf die Fotos auf Mr. Gables Kamera werfen, um sicherzugehen. Wären sie einverstanden, wenn wir uns die anschauen?“

Sie hielt inne, während Officer Bouchard am anderen Ende der Leitung etwas sagte.

„Glücklicherweise sind wir bereits auf dem Polizeirevier. Wenn Sie also Ihrem Kollegen hier Bescheid geben würden, wäre uns allen sehr geholfen."

Ich sah Mom hinterher, wie sie den Flur hinunter und auf die Tür zuging, hinter der der andere Beamte mit Mags verschwunden war. Sie klopfte energisch an.

Das war hier sicherlich nicht so üblich, aber um die allgemeinen Benimmregeln hatte sich meine Mutter noch nie wirklich geschert. Für eine brandheiße Story würde sie überall reingehen und alles tun, Etikette hin oder her, und dies war definitiv die unglaublichste Story, über die sie je an Weihnachten berichtet hatte.

„Officer!", rief sie durch die geschlossene Tür, „Ich weiß, dass Sie da drinnen sind. Ich habe den Kollegen Bouchard am Telefon, und er will Ihnen etwas mitteilen."

Ich beobachtete die Szene wie versteinert. Die Tür flog auf, und der Beamte trat leise fluchend auf den Gang. Zu Mags gewandt sagte er, dass er gleich wieder da sei. Und tatsächlich hielten wir keine drei Minuten später Mr. Gables Kamera in Händen und konnten die Fotos in aller Ruhe durchsehen.

„Was hoffst du zu entdecken?", fragte Grandma

mich, während ich flott durch die Bilder klickte und all die lächelnden Gesichter von heute Morgen betrachtete, eines nach dem anderen.

„So genau weiß ich das auch nicht, aber ich versuche herauszufinden, ob eines der Fotos eine Alarmglocke bei mir läuten lässt."

Insgeheim versuchte ich auch dahinterzukommen, wer die beiden verdächtigen Personen sein könnten, die das Kaninchen Nini erwähnt hatte.

Ich erreichte die letzte gespeicherte Aufnahme und begann, noch einmal zurückzublättern. Schneller, immer schneller und immer noch unsicher, was ich zu entdecken hoffte, aber mein Bauchgefühl sagte mir, dass ich nah dran war.

„Glaubst du ...", begann mein Vater, aber Charles hob eine Hand, um ihn zum Schweigen zu bringen. Mein Freund hatte mir angesehen, dass ich kurz davorstand, einen entscheidenden Hinweis zu finden, noch bevor ich selbst realisiert hatte, was genau mir überhaupt aufgefallen war.

Erneut ging ich die Bilder durch und stellte schließlich fest, dass eine ganz bestimmte Person fehlte. „Grandma, wo warst du heute Morgen mit Mr. Milton?"

„Wir haben uns ein paar Minuten nach unserer

Ankunft getroffen, als du mit Mags zu dem Stand mit diesem tollen Kakao gegangen bist."

Ich nickte. „Er ist also vor uns angekommen?"

„Ja, er war schon da", bestätigte sie.

Das Foto von Maggie und mir war eines der ersten auf der Kamera. Vor uns hatte Mr. Gable nur von etwa zehn Besuchern Aufnahmen gemacht, Mr. Milton war jedoch nicht darunter. Könnte er eine der Personen sein, die Nini suspekt waren?

Ich wünschte, ich könnte sie jetzt fragen. Andererseits hatte sie mir bereits zu verstehen gegeben, dass alle Menschen für sie gleich aussähen, und ich wusste, dass sie nicht in der Lage sein würde, eine bestimmte Person auf einem Foto wiederzuerkennen. Und da ich ohnehin keines von unserem guten Mr. Milton hatte, würde mich das wohl auch nicht weiterbringen.

„Er ist nicht dabei", sagte ich zu Grandma und reichte ihr die Kamera.

„Ach, Angie, das ist doch lächerlich." Schweigend schaute sie sich die ersten Bilder selbst an und meinte dann: „Er hat wahrscheinlich einen anderen Eingang genommen. Man kann ja von verschiedenen Seiten hineingehen."

„Irgendwie habe ich ein komisches Gefühl dabei", murmelte Mom.

„Wenn du ihn nicht weggeschickt hättest, könnte er uns jetzt selbst sagen, warum es kein Foto von ihm gibt", meinte Grandma, aber sie wirkte verunsichert, und ich hatte den Eindruck, sie machte sich Sorgen, dass ihr Freund womöglich keine weiße Weste haben könnte.

„Außerdem ist er auch Mitglied des Komitees, Angie. Er hätte uns vielleicht mehr Informationen liefern und uns helfen können, aber du wolltest ihm ja keine Chance geben." Es schockierte mich, dass Großmutter sich auf die Seite ihres neuen Verehrers schlug. Sie hatte mich immer bedingungslos unter- stützt, komme, was wolle. Zu sehen, wie sie jetzt Mr. Milton verteidigte, jagte mir einen Schauer über den Rücken.

„Grandma, in welcher Beziehung stehst du eigentlich zu Mr. Milton? Ich kenne ihn nun mal erst seit heute, und er scheint dich ziemlich zu vereinnahmen."

„Oh, sei nicht albern", entgegnete sie. „Er ist ein alter Freund von früher, und wir haben uns kürzlich zufällig wiedergetroffen."

„Glaubst du, dass er zu einem Mord oder einer Entführung fähig wäre?"

„Wie sollte er Mags entführen, wenn er die ganze

Zeit bei uns war?", erwiderte Grandma mit leicht zittriger Stimme.

„Okay, das ist ein Argument, aber was ist mit den Morden? Als wir ankamen, war er bereits da und die Opfer schon tot."

„Das würde er nie tun", beharrte sie und biss sich auf die Lippe – ein verräterisches Zeichen dafür, dass sie leichte Zweifel an ihren eigenen Worten hatte.

„Mach dir keine Sorgen, Grandma. Ich behaupte ja nicht, dass er es getan hat. Aber ich denke, wir sollten wirklich mit jemandem aus dem Festivalkomitee sprechen."

„Soll ich Mr. Gable anrufen?", bot Mom an.

„Nein", sagte ich und drückte ihren Arm mit dem gezückten Handy nach unten.

„Möglicherweise hält sich der Täter gerade in Mr. Gables Nähe auf. Es wäre denkbar, dass er sich an ihn drangehängt hat, ähnlich wie Mr. Milton an uns den ganzen Tag. Und ich möchte nicht, dass er vorgewarnt ist. Nicht, bevor wir die Möglichkeit hatten, mit Mr. Gable persönlich zu sprechen."

„Hast du das Rätsel gelöst?", fragte Charles und rieb mir die Schultern, als wäre ich ein Boxer, der kurz vor der entscheidenden Runde eines Kampfs steht.

„Noch nicht, aber ich glaube, ich bin nah dran. Mom, Dad, könntet ihr bitte hierbleiben und auf Mags warten? Ich muss los. Ich habe da so einen Verdacht und muss unbedingt wissen, ob ich richtig liege."

„Natürlich, Schatz", antwortete Mom.

„Aber seid vorsichtig und ruft uns an, wenn ihr Hilfe braucht. Versprochen?", fügte Dad hinzu.

Charles, Grandma und ich verließen die Wache mit unseren Tieren im Schlepptau genauso eilig, wie wir gekommen waren. „Wir nehmen mein Auto", sagte Charles und die Türen klickten, als er auf den Funkschlüssel drückte. Grandma und Paisley kletterten auf den Rücksitz, und Octocat und ich nahmen wieder auf der Beifahrerseite Platz. Bevor wir losfuhren, erklärte ich den anderen kurz meine Theorie.

„Da ist definitiv etwas dran", stimmte Charles zu und startete den Motor. „Das macht Sinn. Ich hoffe nur, wir spielen unsere Karten nicht zu früh aus."

„Es wird schon alles gutgehen." Grandma klang jetzt, wo Mr. Milton nicht mehr in der Nähe war, wieder mehr wie sie selbst.

„Fangen wir jetzt die bösen Jungs?", fragte Paisley mit einem aufgeregten Bellen.

„Ja“, antwortete Octocat, „jetzt bringen wir das Vögelchen zum Singen.“ Dabei leckte er sich ungeduldig über die Lippen. Wir würden den Täter zur Rede stellen!

18

Wir fanden Mr. Gable am Haupteingang neben dem Schlitten, genau wie heute Morgen.

„Willkommen zurück", rief er, als Großmutter, Charles, die Tiere und ich uns eilig näherten, nachdem wir gleich um die Ecke geparkt hatten.

„Sie hatten sicher viel um die Ohren, oder?", fragte Charles mit einem freundlichen Lächeln.

„Ja, aber die Lage hat sich inzwischen etwas beruhigt. Es kommen viel weniger Besucher in die Stadt, allerdings müssen wir uns noch mit einer Reihe von Verkäufern auseinandersetzen, die mit den Verantwortlichen sprechen wollen, bevor sie wieder nach Hause fahren."

Charles schlüpfte nahtlos in seine Rolle als Profi-

Anwalt. „War das Festival gegen derartige Ausfälle versichert?"

„Natürlich waren wir das. Und zum Glück sollte die Versicherungssumme ausreichen, um alle nötigen Erstattungen abzudecken, aber ich weiß immer noch nicht, wie es in Zukunft weitergehen soll. Ob dieser Tag das endgültige Aus für unser Event bedeutet oder ob wir weitermachen, dann jedoch vermutlich in einer anderen Stadt." Beide Optionen erschienen mir alles andere als ideal, und man merkte es Mr. Gable an, dass diese Ungewissheit schwer auf ihm lastete. Er wirkte in sich zusammengesunken.

„Aber das Christmas Festival gehört doch hierher", warf Grandma ein. Sie konnte sich anscheinend auch nicht vorstellen, dass die Veranstaltung woanders als in unserer Stadt stattfinden sollte, und mir ging es genauso.

Traditionen waren etwas Besonderes, weil man sich darauf verlassen konnte, dass sie von Jahr zu Jahr gleich blieben, und ich hasste die Vorstellung, dass gerade diejenige unserer Weihnachtstraditionen, die ich am meisten liebte, für immer verschwinden könnte.

Mr. Gable runzelte die Stirn, als er ihren niedergeschlagenen Gesichtsausdruck bemerkte. „Das ist richtig, aber eigentlich ist es eine Veranstaltung von ganz Blueberry Bay. Bloß war es so, dass Glendale ganz am Anfang, als wir das Festival zum ersten Mal auf die Beine stellten, ausgewählt wurde, um die gesamte Region zu repräsentieren. Es könnte also genauso gut nach Dewdrop Springs oder Misty Harbor verlegt werden."

„Nein, das wäre nicht genauso gut", entfuhr es Grandma, was dem besorgten Mr. Gable ein kleines Lächeln entlockte.

„Wo ist Nini?", fragte ich, da ich nur zu gerne einen Moment unter vier Augen mit dem Kaninchen über meinen Verdacht sprechen wollte.

„Die Süße hat sich tief ins Heu gekuschelt, um sich warm zu halten."

Daraufhin rannte Paisley zur Krippe, um sich wie wild durch den Heuhaufen zu wühlen.

Ich setzte Octocat auf dem Sitz des Schlittens ab, und er verhielt sich ruhig, weil er wahrscheinlich genauso gespannt darauf war wie ich, was als Nächstes passieren würde. Würde Mr. Gable mir das alles entscheidende Indiz liefern, das mir noch fehlte, oder womöglich Nini? So oder so, ich wusste, dass wir den Schuldigen bald finden würden.

„Können wir das Komitee zusammentrommeln?", fragte ich Mr. Gable.

„Ja, ich denke, das müsste gehen. Warum? Hast du etwas herausgefunden, das uns helfen könnte?"

„Ja, ich habe eine konkrete Vermutung", antwortete ich und konnte mir das Grinsen dabei kaum verkneifen. „Aber ich würde diese Information lieber dem gesamten Ausschuss mitteilen, wenn möglich."

Er sah mich müde an. „Die meisten von ihnen sind noch da, aber mindestens einer ist anderweitig beschäftigt."

„Ach, tatsächlich?", fragte Charles sichtlich interessiert.

Auch Grandma beobachtete Mr. Gable mit großen Augen. Sie schien am ganzen Körper zu zittern. Es war im Verlauf des Tages immer kälter geworden, und der Schnee fiel beständig. Es wurde so langsam wirklich Zeit, dass wir alle nach Hause kamen. Aber ein bisschen mussten wir jetzt noch durchhalten, denn unser Ziel war zum Greifen nahe. Ich konnte es förmlich riechen.

Mr. Gable rieb sich die Hände und stieß eine eisige Atemwolke aus. „Also, Officer Bouchard steckt mitten in der Morduntersuchung, und ich glaube nicht, dass er Zeit für ein spontanes Treffen hat."

„Er ist auch im Ausschuss?", fragte ich. Warum erfuhr ich das erst jetzt? „Das ist seltsam, denn er hat Zelda Benedict nicht erkannt, als ich ihm die Leichen zeigte. Dabei war es doch Fred Hapley, der erst in letzter Minute in die Jury geholt wurde, und nicht sie, oder?"

Mr. Gable nickte mit nachdenklicher Miene. „Gut möglich, dass er sie nicht kannte. Ich glaube, er hat nur an denjenigen Sitzungen teilgenommen, wo es um Sicherheitsaspekte ging. Wahrscheinlich hat er auf organisatorische Dinge, die ihn nicht betrafen, nicht genau geachtet. Es kann auch sein, dass er zwar Zeldas Namen mitbekommen hat, aber nicht in der Lage war, diesem ein Gesicht zuzuordnen."

Ich nickte. Das klang einleuchtend, aber seltsam war es trotzdem, vor allem, wenn man bedenkt, dass Officer Bouchard immer dann als leitender Ermittler fungierte, wenn ein solcher in Glendale unbedingt gebraucht wurde.

„Und war es bei den anderen Ausschussmitgliedern auch so, dass nicht immer alle an den Sitzungen teilgenommen haben?", fragte ich. Jetzt standen wir tatsächlich kurz davor, den Täter zu entlarven.

„Ja, ein paar haben sich nur um spezielle Bereiche gekümmert, wie eben der gute Officer Bouchard. Die meisten von uns waren jedoch bei allen Planungssitzungen anwesend."

Grandma setzte sich zu Octocat auf den Schlitten. Ich machte mir Sorgen, dass ihr die Kälte schon in die Knochen gekrochen sein könnte. Auch wenn sie mir in Sachen Fitness etwas vormachen konnte, war sie doch schon ziemlich alt, und wir hatten fast den ganzen Tag bei frostigen Temperaturen draußen verbracht.

Charles zückte sein Handy und öffnete die Notizen-App. „Würden Sie uns eine Liste Ihrer Mitglieder geben, damit wir feststellen können, welche davon nur an bestimmten Versammlungen teilgenommen haben, wie Officer Bouchard?"

Ich sah, wie Grandma es sich mit Octocat auf dem Schoß bequem machte, und war froh, dass sie sich jetzt gegenseitig warmhielten.

Als ich mich wieder den Männern zuwandte, fragte ich: „Mr. Gable, könnten Sie uns bitte auch sagen, ob irgendwer von den Mitgliedern, die sonst immer dabei waren, bei der letzten Sitzung gefehlt hat, bei der Fred als zweiter Preisrichter festgelegt wurde?"

„Oh, natürlich, das haben wir gleich. Nur eine Sekunde. Lassen Sie uns das kurz durchgehen, mein Lieber." Mr. Gable und Charles arbeiteten die Liste ab, während ich zu den anderen hinüberging.

Paisley hatte sich mit ihrem kleinen, schwarzbraunen Körper an Hannah ins Heu geschmiegt und leckte ihr die Wangen. Das Kaninchen zitterte – wahrscheinlich hatte es Angst um sein Leben –, aber ich wusste, dass Paisley ihr niemals etwas tun würde. Sie war einfach ein durch und durch gutmütiges Tierchen.

Octocat lag weiterhin auf Großmutters Schoß und beobachtete die Schneeflocken, die vom Himmel herabschwebten.

„Es ist wirklich ein schöner Tag", sagte er. „Der Schnee lässt die Sonne noch heller scheinen. Ich könnte glatt ein Nickerchen machen, wenn es nicht so nass wäre – und wenn es nicht so viele Morde in der Stadt gäbe."

Ich lächelte ihn an und streichelte ihm über den Rücken. Mein Kater hatte wirklich eine besondere Art, die Dinge auf den Punkt zu bringen.

„Angie, wir haben es geschafft", rief Charles, und ich eilte wieder zu ihm hinüber.

„Hier ist die vollständige Liste. Es gibt insgesamt fünfzehn Ausschussmitglieder dieses Jahr. Diejenigen mit den Sternchen waren bei der Planung nicht immer dabei und sind nur für bestimmte Bereiche zuständig." Er deutete auf die Namen *Officer Bouchard* und *Janice Delacroix.*

„Diejenigen mit dem Fragezeichen waren an der gesamten Planung beteiligt, haben aber die letzte

Sitzung verpasst." Er nannte mir zwei Namen, *Bill Randone* und *Harvey Milton*.

„Milton!", stieß ich hervor und verschluckte mich beinahe. „Das ist doch Grandmas Mr. Milton, oder?"

„Was?", rief diese, hüpfte vom Schlitten herunter und kam zu uns, den noch immer entspannt wirkenden Octocat nach wie vor im Arm haltend. „Was ist mit Harvey?"

„Er war im Komitee, hat jedoch unsere letzte Sitzung verpasst, sodass er nichts von der Änderung der Jury wusste, die wir auf die letzte Minute vorgenommen haben", fasste Mr. Gable zusammen. „Und offen gestanden, Dorothy, ich kann mir gar nicht vorstellen, also, ich hätte nicht gedacht, dass ihr beide …"

„Können Sie uns mehr über Janice Delacroix und Bill Randone erzählen? Ich kenne die beiden nicht", fragte ich, um von der Anspielung auf das Liebesleben meiner Großmutter abzulenken.

Mr. Gable sah mich direkt an, während Charles in die Notizen auf seinem Handy vertieft war. „Janice ist unsere Frau fürs Marketing und macht das richtig klasse. Sie kümmert sich um die sozialen Medien, die Website und unseren Newsletter. Zu den Meetings kommt sie meistens nicht, aber wir schicken ihr alles per E-Mail. Ich weiß nicht, wie genau sie die Materialien liest, die wir ihr auf diesem Weg zukommen lassen, aber grundsätzlich hat sie Zugang zu allen Informationen."

„Und Bill?", murmelte Charles, ohne von seinem Telefon aufzublicken.

„Bill kam normalerweise zusammen mit Harvey. Für die beiden war es immer ein weiter Weg von Caraway Island, weil sie die Fähre hin und zurück nehmen mussten."

Etwas in meiner Brust zog sich zusammen. „Caraway Island?", fragte ich, als hätte ich noch nie von diesem Ort gehört.

Mr. Gable nickte. „Ja, und beide haben das letzte Treffen verpasst, weil ihnen etwas dazwischenkam. Ich glaube, Bill musste unerwartet länger arbeiten und Harvey war es an dem Tag zu viel, allein zu kommen. So etwas in der Art."

„Grandma, wusstest du, dass Mr. Milton im Komitee ist?"

„Natürlich wusste ich das", antwortete sie leicht verkrampft. Plötzlich bekam ich Herzrasen vor Aufregung – die Lösung stand kurz bevor. „Haben Sie heute ein Foto von Bill gemacht?", fragte ich Mr. Gable.

Er dachte darüber nach. „Ähm, nein, habe ich

nicht. Ich glaube, ich habe ihn erst gesehen, nachdem wir die Veranstaltung abgeblasen hatten.“

In einem Zeichentrickfilm wäre bei dieser Enthüllung wahrscheinlich eine riesige Glühbirne über meinem Kopf aufgeblitzt. *Bill Randone,* das war der Name unseres Täters. Wir hatten ihn. Endlich hatten wir ihn. Jetzt mussten wir ihn nur noch schnappen. *Bloß ... wie?*

„Ist er noch da?“, sprudelte es aus mir heraus. „Hilft er dabei, alles dichtzumachen und die Besucher in den Park rüberzuschicken?“

„Meines Wissens sollte er sich um die Third Street kümmern und dort alles regeln.“

„Worauf warten wir!“, rief ich und rannte sofort los.

Grandma schloss zu mir auf und heizte das Tempo an. Irgendwann musste sie Octocat wohl an Charles weitergereicht haben, denn der war ein paar Schritte zurückgefallen und schnaufte leicht, rechts den Hund und links die Katze unter dem Arm.

Mr. Gable war nicht mit uns losgespurtet, wahrscheinlich weil er Nini nicht allein lassen wollte.

„Ich kann das alles einfach nicht glauben“, keuchte Grandma. „Ich vertraue Mr. Gable, aber ich weiß auch, dass Harvey die Morde nicht begangen hat, weil er die ganze Zeit bei mir war. Meinst du, er wusste etwas von Bills faulen Absichten?"

„Möglich wär's", japste ich. Laufen gehörte ja bekanntlich nicht zu meinen Stärken, und jetzt musste ich mich schon zum zweiten Mal an diesem Tag dermaßen verausgaben.

Wir joggten noch einen Block weiter, bevor wir um die Ecke in die Third Street einbogen. Und obwohl ich Bill Randone noch nie zuvor gesehen hatte, erkannte ich ihn sofort, denn er stand dort mit Harvey Milton zusammen, mit dem er offenbar hitzig diskutierte.

Plötzlich blickten beide auf und sahen uns auf sie zu rennen. Randone sprintete augenblicklich in die andere Richtung davon.

Ich schnappte mir im Laufen mein Telefon und rief Officer Bouchard an, um ihm mitzuteilen, was wir aufgedeckt hatten, und dass der Hauptverdächtige jetzt auf der Flucht war.

Grandma raste an mir vorbei auf Mr. Milton zu, schneller als ich wahrscheinlich jemals würde rennen können. Und dann versetzte sie ihm eine schallende Ohrfeige.

19

ch hatte meine Großmutter noch nie so wütend erlebt wie an diesem Tag.

„Du wusstest es", schrie sie ihn an. Es erstaunte mich, wie viel Zorn und Abscheu dabei in ihren sonst stets so freundlichen Augen standen. „Die ganze Zeit über wusstest du es und hast deinen feinen Freund wahrscheinlich sogar noch mit Informationen versorgt."

Mr. Milton räusperte sich, was er anscheinend immer dann tat, wenn er nervös war. „Nein, nicht sicher, aber ich hatte einen Verdacht."

„*Oh, du hattest einen Verdacht*", wiederholte Grandma sarkastisch. „Also, worüber hast du dich gerade mit ihm unterhalten? Wolltest du ihn warnen?"

„Nein!“ Nun erhob auch Mr. Milton seine Stimme, um sich zu verteidigen. „Ich habe ihn mit meinem Argwohn konfrontiert.“

„Damit er noch rechtzeitig fliehen kann?“, brüllte ich dazwischen. „Warum sind Sie nicht gleich zur Polizei gegangen?“

Paisley ließ sich von unseren hochkochenden Emotionen anstecken. Bellend und knurrend kratzte sie am Boden und schmiss die Hinterbeine zurück, was sie wie ein scharrendes Huhn aussehen ließ. „Böser Mann! Böser, böser Mann! Du kriegst keine Leckerlis!“

Charles und Octocat sahen schweigend zu, wie wir drei uns den sehr schuldbewusst wirkenden Harvey Milton vorknöpften.

„Was er getan hat, ist verwerflich, aber ich kann nachvollziehen, warum er es getan hat“, erklärte Milton. Diese Aussage sorgte bei uns allen für einen Aufschrei, selbst bei Charles und Octocat, die sich bisher herausgehalten hatten.

„Was?“, riefen Grandma und ich unisono.

Mr. Milton schüttelte den Kopf. Diesmal räusperte er sich nicht – offenbar wollte er nun etwas Wichtiges sagen, wovon er überzeugt zu sein schien. „Caraway Island braucht das Christmas Festival weit mehr als Glendale es je getan hat. Die Veranstaltung ist eine

Goldgrube, und unsere Stadt hat es schwer, Umsätze zu machen. Weil die Insel so weit ab vom Schuss liegt, kommen nur wenige Touristen zu uns herüber. Mit jedem Jahr wird es schlimmer. Die Geschäfte schließen, und unsere Gemeinde wird immer mehr vom Rest der Region abgeschnitten. Wir brauchen etwas ... eine Wunderwaffe, wenn man so will."

Er zuckte zusammen. „Okay, vielleicht nicht die beste Wortwahl."

Ich lachte bitter auf. „Allein die Tatsache, dass Sie so etwas sagen – und sei es nur aus Versehen – zeigt, was für ein schrecklicher Typ Sie sind. Als ob Sie es in Ordnung fänden, dass Ihr Freund zwei Menschen umgebracht hat, damit mehr Geld in Ihre Stadtkasse fließt."

„Natürlich ist es nicht in Ordnung", antwortete Milton und schaute mich eindringlich an, „aber wir haben alles andere versucht, und nichts hat funktioniert."

„Alles außer Mord", murmelte Grandma und verschränkte abwehrend die Arme vor der Brust.

Mr. Milton fuhr fort und hielt seinen Blick auf mich gerichtet. „Als die Planungen für dieses Jahr begannen, drängten Bill und ich darauf, das Event nach Caraway Island zu verlegen, aber Gable und die anderen haben das direkt abgeschmettert. Bill meinte, dass Glendale nicht die geringste Chance hätte, das Festival weiterhin abzuhalten, wenn hier dieses Jahr jemand ermordet werden würde, noch dazu eine angesehene Persönlichkeit. Natürlich wäre dann Caraway zur Rettung eingesprungen und hätte sich bereiterklärt, es in Zukunft auszurichten."

„Und all das hat Bill Ihnen eben erst erzählt, nehme ich an." Ich stampfte ungehalten auf. „War das, bevor oder nachdem Ihr Freund zwei unschuldige Menschen getötet hat? Ach so, übrigens ist die Polizei schon hinter ihm her. Zufällig ist Officer Bouchard ein guter Freund von uns, und ich habe ihn eben angerufen, während meine Großmutter damit beschäftigt war, Ihnen eine zu knallen."

Ich hätte schwören können, dass Charles im Hintergrund in sich hineinlachte, aber es ging in Paisleys aufgeregtem Bellen unter.

„Das war natürlich *danach*. Ich sagte doch bereits, dass ich nichts mit den Morden zu tun habe."

„Was ist mit Fred Hapley?", fragte ich. „Sie sprachen von einer angesehenen Persönlichkeit, die zu Tode kommen sollte, aber das trifft auf Fred Hapley ja wohl nicht zu. Er war ein normaler Versicherungsvertreter, also jemand, dem man eher aus dem Weg geht, weil man sich nichts andrehen lassen will."

Mr. Milton räusperte sich mehrmals, bevor in

einem weiterhin entrüsteten Tonfall antwortete: „Was ist mit Fred Hapley? Er kam uns in die Quere. Das ist alles. Bill hat das letzte Meeting verpasst, also wusste er nicht, dass der Typ auch da sein würde. Zum Glück hatte er die Pistole bei sich. Die war dafür gedacht, falls das mit dem Eiszapfen bei der Frau nicht funktioniert hätte. Hat es zwar, aber die Waffe konnte er dann doch gebrauchen."

„Zum Glück?", kreischten Grandma und ich gleichzeitig.

Sie baute sich vor ihm auf und schlug ihm klatschend auf die andere Wange. „Ich kann nicht glauben, dass ich dich jemals für einen Freund gehalten habe", sagte sie voller Verachtung.

„Bist du fertig? Dann werde ich nämlich jetzt gehen", presste Mr. Milton hervor. Er musterte Grandma kritisch, wobei sich tiefe Falten auf seiner Stirn abzeichneten. „Es ist wirklich schade. Ich mochte dich, Dorothy. Ich dachte, da wäre etwas Besonderes zwischen uns. Aber du scheinst mir eher wie ein Fähnchen im Wind zu sein."

„Ich gebe mich nicht mit Kriminellen ab", zischte sie mit zusammengebissenen Zähnen.

„Glaub, was du willst. Ich muss darauf nicht antworten."

„Nein, aber dieser Herr dort wird Antworten von

Ihnen verlangen", konterte Charles und lenkte unsere Aufmerksamkeit auf den Polizisten, der sich von hinten näherte. Es war derselbe, dem wir vorhin auf der Wache begegnet waren, der Mags' Aussage aufgenommen hatte und der von uns genervt gewesen war.

Einige Schritte dahinter folgte mein Vater.

„Wo ist Mags?", fragte ich ihn, als er zu mir aufschloss.

„Deine Mutter hat sie nach Hause gebracht und mich geschickt, um herauszufinden, was hier vor sich geht."

Gemeinsam sahen wir zu, wie der Beamte Harvey Milton Handschellen anlegte. Schließlich hatte er Randone gedeckt und sich so zum Komplizen gemacht, ob er das nun geplant hatte oder nicht.

Als er ihn abführte, fühlte ich mich ein wenig erleichtert, aber etwas beunruhigte mich dennoch: „Was ist mit dem anderen Kerl?"

„Ja, was ist mit Bill Randone?", fragte Grandma.

„Bouchard hat ihn gefasst", antwortete der Beamte, und an Milton gewandt fügte er hinzu: „Er wird jetzt aufs Revier gebracht, genau wie Sie, und ich schätze, wir werden Sie beide nicht so schnell wieder gehen lassen."

Milton machte von seinem Recht zu schweigen

Gebrauch, und während der Beamte mit ihm aus unserem Blickfeld verschwand, blieben wir regungslos stehen und schauten ihnen hinterher.

„So kann man Heiligabend natürlich auch feiern", bemerkte Grandma achselzuckend. Wir brachen alle in Gelächter aus, und ich merkte, wie die Anspannung von mir abfiel.

„Ich glaube, ich feiere dann doch lieber auf die traditionelle Art." Charles schlang seine Arme um mich und gab mir einen Kuss auf die Stirn. Dabei wurde Octocat ein bisschen zwischen uns eingequetscht, aber er meckerte noch nicht einmal deswegen. „Ich wusste es die ganze Zeit", sagte er stattdessen.

„Ach ja, tatsächlich?", fragte ich kichernd.

„Ich weiß doch immer, wer es war", erklärte er und zwinkerte mir zu.

Ich beschloss, es dabei zu belassen, schließlich war Weihnachten. „Das hast du gut gemacht", lobte ich ihn und löste mich aus Charles' Umarmung, damit er wieder frei atmen konnte.

„Und du auch, Paisley. Feiner Hund." Ich beugte mich zu ihr hinunter und hob sie hoch, und nachdem sie sich ein paar Küsschen und Streicheleinheiten von mir abgeholt hatte, sprang sie unbekümmert in Grandmas Arme hinüber.

„Langsam, Süße", rief diese und drückte das vor Freude zappelnde kleine Fellknäuel an sich.

„Das mit deinem neuen Freund tut mir leid", sagte mein Vater zu Großmutter und zog die Stirn in Falten.

„Mir auch", sagte sie. „Aber er war glücklicherweise noch gar nicht richtig mein Freund."

„Glaubst du, dass du ihm jemals verzeihen kannst?", fragte Charles.

„Auf keinen Fall!", rief Großmutter aus, woraufhin sie demonstrativ in den Schnee spuckte. Wir waren alle ganz schön perplex und lachten laut auf.

„Da kann er noch so oft schwören, nichts mit den Morden zu tun gehabt zu haben ... aber er hat seinen Freund gewarnt, anstatt ihn der Polizei zu melden. Für mich ist das fast genauso schlimm. Ich könnte ihm nie wieder vertrauen. Nicht nach dieser Nummer."

„Weißt du was? Vergiss Mr. Milton", sagte ich. „Er ist es nicht wert."

„Trotzdem bin ich ihm für eine Sache dankbar." Grandma blickte kurz zum Himmel auf, dann sah sie mir direkt in die Augen. „Durch ihn ist mir bewusst geworden, wie einsam ich seit dem Tod deines Großvaters bin. Natürlich, ich habe dich und Paisley und ...“

„Und genug Freunde, um ein ganzes Fußballstadion zu füllen“, sagte Dad schmunzelnd.

„Das schon“, stimmte sie ihm mit einem Lächeln zu, „aber das ist nicht dasselbe wie einen Partner zu haben.“

Charles zog mich an seine Seite, und wir strahlten uns an, berührt von dem, was Grandma uns gerade offenbart hatte.

„Du denkst also, du bist bereit, dich nach einem neuen Partner umzuschauen?“, fragte ich, und mein Herz klopfte vor Aufregung, weil ich mich so sehr für sie freute.

„Ich glaube, ich bin auf dem richtigen Weg“, sagte sie mit einem verschmitzten Grinsen. „Eins nach dem anderen.“

20

Den ersten Weihnachtstag verbrachten wir ganz gemütlich zu Hause. Mom, Dad und Charles gesellten sich zwischendurch zu uns, aber die meiste Zeit saßen nur Grandma, Maggie und ich unter unserem riesigen Weihnachtsbaum, tauschten Erinnerungen aus und erzählten uns Geschichten von all den Weihnachtsfesten, die wir nicht miteinander verbracht hatten.

Grandma verpasste Octocat und Paisley ihre selbstgestrickten Weihnachtspullis, verkniff sich aber zum Glück einen Kommentar über Mags' Outfit, die sich für einen khakifarbenen, knöchellangen Rock mit einer mintgrünen Strickjacke entschieden hatte.

Ich für meinen Teil blieb einfach in meinem Flanellpyjama, denn nach einem langen, stressigen

Tag – und der vorausgegangene Tag war wirklich anstrengend gewesen – geht nichts über den Komfort eines Schlafanzugs.

Am zweiten Weihnachtstag brachte uns Mags schließlich bei, wie man Kerzen auf traditionelle Weise herstellt. Obwohl ich es immer geliebt habe, etwas Neues zu lernen, konnte ich mir nicht vorstellen, dass das Kerzenziehen jemals ein Hobby von mir werden würde. Das ganze Prozedere schien ewig zu dauern, und ich bekam die Muster und Farbkombinationen längst nicht so gut hin wie sie.

Aber mir ihr zusammen machte es trotzdem Spaß, da sie uns hier und da ein wenig Hintergrundwissen vermittelte und uns die ein oder andere Anekdote erzählte. Bestimmt machte sie das mit den Leuten in ihren Kursen zu Hause genauso locker und professionell.

Wir genossen weiterhin jeden Moment, den wir zusammen verbringen konnten, aber je näher ihre Abreise rückte, desto trauriger wurde ich, dass meine Cousine bald wieder so weit weg von mir sein würde. Sie war schon jetzt wie die Schwester, die ich nie hatte, für mich – und ihr erging es genauso, wie sie mir verriet. Daran hatte der horrormäßige Heiligabend zum Glück nichts geändert.

„Nächstes Mal müssen wir unbedingt Grandma

und Tante Lydia zusammenbringen. Das wird der Knaller", sagte sie lachend. Ich verstand nicht, was sie meinte, da ich Lydia noch nicht kannte, und Maggie fügte hinzu: „Ich glaube, die beiden passen super zusammen, das wird richtig spaßig."

Nun waren es nur noch wenige Tage bis Silvester. An Neujahr würde sie früh am Morgen einen Flieger zurück nach Georgia nehmen. Der Flug sei besonders günstig gewesen, erklärte sie mir, und deshalb mache es ihr nichts aus, nicht ausschlafen zu können.

Als ich jedoch erfuhr, um wie viel Uhr sie zum Flughafen musste, war ich schon etwas entsetzt. „Willst du dann überhaupt bis Mitternacht wach bleiben?", fragte ich. Für mich persönlich wäre es undenkbar, den Jahreswechsel zu verschlafen, da ich ihm jedes Mal entgegenfieberte, seit ich mit sechs Jahren das erste Mal aufbleiben durfte.

„Natürlich, was denkst du denn!", sagte sie mit gespielter Empörung. „Es lohnt sich doch gar nicht, überhaupt ins Bett zu gehen."

Ich lachte, Octocat stöhnte, und Paisley tanzte um uns herum, und in diesem Moment war die Welt für mich in Ordnung.

Am Silvesterabend bekamen wir überraschend Besuch. Die Türklingel spielte die Melodie von *Feliz Navidad*, die Grandma zu Ehren von Paisleys angeblich mexikanischen Vorfahren ausgesucht hatte, obwohl der kleine Hund noch nie im Leben einen Fuß hinter die Grenzen unseres Staates Maine gesetzt hatte.

Meine Großmutter eilte zur Haustür und fuhr sich dabei durch die Haare. Heute trug sie nicht wie gewohnt Pink, sondern ein silbern glitzerndes Kleid. Sie sah aus, als wäre sie auf dem Weg zur Oscar-Verleihung, weshalb ich mir in meiner gepunkteten Hose und dem T-Shirt mit Grumpy Cat vorne drauf leicht underdressed vorkam. Letzteres war ein Geschenk von Maggie. Sie meinte, sie hätte noch nie jemanden getroffen, der seine Katze so sehr lieben würde wie ich.

„Komm rein, komm rein", hallte es zu uns herüber. „Schön, dass du es einrichten konntest."

Ich hörte, wie sie ihrem Besucher ein Küsschen links und rechts auf die Wange hauchte, und einen Moment später erschienen die beiden. „Schönen guten Abend!", rief Mr. Gable fröhlich, Nini unter einem und eine große Tüte mit Take-away-Essen unter dem anderen Arm.

„Hallo, schön Sie zu sehen!" Mags und ich gingen ihm entgegen, um ihn zu begrüßen.

„Irgendetwas riecht hier echt köstlich", sagte mein Kater, der gerade erst aus seinem Nickerchen aufgewacht war. Er hob schnuppernd die Nase in die Luft, und ein breites Grinsen ließ seine Schnurrhaare erbeben. „Könnte es sein, dass ...?"

Mr. Gable reichte mir das Kaninchen und Grandma das Essen, dann lief er zu seinem Auto zurück, um noch etwas zu holen.

„Hallo, so sieht man sich wieder, meine Kleine", sagte ich, wohlwissend, dass Maggie mich beobachtete.

„Hallo", antwortete Nini, die unaufhörlich mit ihrem Näschen wackelte. Mr. Gable kam mit einer flachen Kiste zurück, die mit Heu und allerlei frischen Leckereien gefüllt war. Er nahm mir das Hoppelchen wieder ab und setzte es auf den Boden neben die Kaninchenspielwiese.

Paisley trabte mit hocherhobenen Kopf herbei. „Hallo, Nini Wie geht es dir? Willst du immer noch über deine Gefühle sprechen?"

Oh, dieses süße Chihuahua-Mädchen. Sie versuchte einfach immer, alles zu tun, um andere glücklich zu machen.

„Welche Gefühle?", fragte Nini und machte einen zaghaften Schritt auf ein Stück Salat zu, während sie die kleine Hündin nicht aus den Augen ließ.

„Als wir dich auf dem Festival trafen, sagtest du, du hättest immer Angst, dass andere dir etwas antun könnten. Ich dachte, darüber willst du bestimmt noch mal in Ruhe reden." Paisley neigte ihren Kopf zur Seite und spitzte beide Ohren, während sie gespannt auf deren Antwort wartete.

Das Schlappohrkaninchen knabberte eine Weile an seinem Gemüse und sagte dann: „Mich hat noch nie jemand gefragt, wie ich mich fühle. Bist du sicher, dass du es wissen willst?"

Paisley ließ ihren wackelnden Popo auf den Boden plumpsen. „Oh ja. Ich will alles wissen", sagte sie mit freundlich funkelnden Augen. „Fangen wir mit deiner Kindheit an. Warst du ein glückliches oder ein trauriges Babyhäschen?"

Ich verkniff es mir, laut loszulachen, und ließ die beiden allein.

Octocat war Grandma in die Küche gefolgt, und Mags, Mr. Gable und ich gesellten uns zu ihnen.

„Ich wusste nicht, was ich für unsere kleine Silvesterfeier mitbringen sollte", erklärte er freundlich lächelnd. „Also bin ich bei meinem Lieblingsrestaurant vorbeigefahren und habe uns ein paar leckere Kleinigkeiten ausgesucht."

Das Logo des Little Dog Diner prangte auf der Tüte, und der Duft von Shrimps, Knoblauchbrot und Hummerbrötchen vermischte sich nun mit dem der

Backwaren, die Grandma heute am frühen Abend zubereitet hatte.

Sie holte alle Sachen aus der Tüte und verteilte sie auf dem Küchentresen. In dem Moment, als die Hummerbrötchen auftauchten, sprang mein Kater auf den Tresen und vollführte einen Freudentanz. „Ich wusste es, ich wusste es!", rief er, während er sich immer schneller drehte. „Das ist mein Lieblingsessen! Oh, ich wünsche Ihnen einen guten Rutsch, mein liebster Mr. Gable."

Ein weiteres Mal musste ich mir das Lachen verkneifen. Manchmal war es wirklich nicht leicht, im Beisein anderer Leute nicht auf die Tiere zu reagieren, insbesondere wenn sie die komischsten Sachen von sich gaben, wie etwa Nini, über deren ironisch gemeintes *„Frohe Weihnachten"* an Heiligabend ich immer noch schmunzeln musste.

„Wunderbar, vielen Dank, dass du das alles mitgebracht hast", sagte Grandma, und ich hätte wetten können, dass ihr eine leichte Röte in die Wangen stieg. „Das Little Dog Diner ist auch eines unserer Lieblingsrestaurants."

„Ich hole die Teller", bot Mags an.

„Und ich die Getränke", fügte ich hinzu.

Grandma richtete die Köstlichkeiten auf Servierplatten an, und gemeinsam brachten wir alles ins

Esszimmer hinüber, wo wir uns um den großen Tisch versammelten. Keiner von uns trank gerne viel Alkohol, also teilten wir uns zur Feier des Tages nur eine Flasche Cidre.

Und obwohl ich bis kurz vor ihrer Ankunft nicht gewusst hatte, dass Mr. Gable und sein Kaninchen sich uns anschließen würden, freute ich mich darüber, dass sie mit uns feierten.

„Worauf wollen wir anstoßen?", fragte Mags mit einem charmanten Lächeln.

„Auf dich natürlich!", rief ich aus. „Darauf, dass du zu dieser Familie gehörst. Darauf, dass wir dich kennenlernen durften und dass du so wunderbar bist. Und darauf, dass du die Entführung überlebt hast."

Über Letzteres konnten wir alle inzwischen lachen, obgleich die Geschichte ja noch nicht lange zurücklag.

„Okay, dann zum Wohl!", erwiderte Mags kichernd.

„Wartet! Wartet noch einen Moment", kam es von Grandma. „Ich will erst eure Vorsätze fürs neue Jahr hören."

Mr. Gable erhob sich als Erster. „Für mich ist das Wichtigste, dass beim nächsten Festival unter meiner Leitung niemand zu Schaden kommt."

„Also wird das Christmas Festival wieder in Glendale stattfinden?", fragte ich hoffnungsvoll.

„Nicht ganz", antwortete er mit einem kleinen Seufzer. „Wir verlegen es nach Cooper's Cove, aber die verbleibenden Mitglieder des Komitees, diejenigen, die nicht ins Gefängnis gewandert sind, haben beschlossen, dass ich der Vorsitzende bleiben soll. Und ich habe natürlich gerne zugestimmt."

Wir jubelten ihm zu.

„Das ist großartig!", rief Mags. „Ich hoffe nur, Sie sind mir nicht böse, wenn ich nächstes Mal wahrscheinlich nicht dabei sein werde."

Erneut brach Gelächter aus, und bei dem Gedanken, dass meine Cousine und ich von nun an eng in Verbindung bleiben würden, wurde es mir ganz leicht ums Herz. Tatsächlich hatten wir bereits mit der Planung eines Familientreffens für den kommenden Sommer begonnen.

„Also gut, wer ist der Nächste?", fragte Nan und schaute gespannt zwischen Mags und mir hin und her.

„Mein Vorsatz ist einfach", sagte ich, stand auf und erhob mein Glas. „Das wird das Jahr, in dem ich meine Privatdetektei richtig ins Rollen bringe."

„*Unsere*", korrigierte Octocat, obwohl nur ich es

verstand. „Und wann bekomme ich mein Hummerbrötchen?“

Mags trommelte mit den Fingern auf die Tisch-
platte. „Ich weiß nicht, was ich mir vom kommenden
Jahr erhoffe, außer dass ich neue Sachen auspro-
bieren will. Leben bedeutet ja bekanntlich Verände-
rung, und ich liebe die jüngsten Veränderungen in
meinem Leben. Ich war noch nie so glücklich wie
jetzt.“

„Das sind große Worte, vor allem wenn man
bedenkt, was an Heiligabend passiert ist“, scherzte
Gable.

„Ja schon“, stimmte sie zu, „aber ich bin einfach
so dankbar für meine neue Cousine und meine neue
Grandma.“

Grandma und ich lächelten gerührt. Dann erhob
sich meine geliebte Großmutter mit ihrem Glas in der
Hand. „Ich lebe jeden Tag, als wäre es mein erster,
mein letzter, mein einziger. So macht das Leben
Spaß, wisst ihr. Aber im kommenden Jahr werde ich
ein bisschen vorsichtiger sein, auf wen ich mich
einlasse. Und wer weiß, vielleicht finde ich sogar
jemanden, der mein Herz berührt.“ Sie blickte
schüchtern zu Mr. Gable hinüber, der errötete und
wegschaute.

Da hätte ich am liebsten einen Luftsprung vollführt. Bis zu diesem Tag hätte ich mir die beiden nie zusammen vorstellen können, aber plötzlich ergab es einen Sinn. Ich fragte mich, ob sie es auch spürten, ob sie sich bereits auf dem besten Weg in eine großartige gemeinsame Zukunft befanden.

Das waren wirklich tolle Aussichten für das neue Jahr, und wir plauderten munter miteinander, während wir das Essen und die gute Gesellschaft genossen.

„*Ähem*", meldete sich mein Kater zu Wort, sprang auf den Tisch und wedelte bedrohlich mit dem Schwanz. „Hast du nicht etwas vergessen?"

Ach du Schreck. Ich *hatte* vor lauter Aufregung über unser mögliches neues Liebespaar tatsächlich nicht mehr an sein Hummerbrötchen gedacht.

„Runter vom Tisch", schimpfte ich mit ihm, nahm die Hälfte meines Hummerbrötchens und legte es auf den Boden, damit er Ruhe gab.

Seine bernsteinfarbenen Augen funkelten, und er sprang hinterher, doch leider nicht schnell genug. Wie aus dem Nichts tauchte Paisley auf, schnappte sich den Leckerbissen, den sie in ihrer winzigen Schnauze kaum zu tragen vermochte, und rannte damit zu Nini zurück.

„Gib mir mein Sandwich wieder, du gemeine Diebin!", schrie Octocat.

„Es tut mir leid, Octavius", sagte sie mit einem koketten Augenaufschlag. „Seit ich diese Dinger zum ersten Mal auf dem Festival gerochen habe, wollte ich sie so gerne probieren. Und du hast mir an Weihnachten kein bisschen davon abgegeben. Aber das ist okay, ich habe dir verziehen."

„Angela!", rief mein Kater und starrte mich entsetzt an. „Sie hat mir mein Hummerbrötchen weggenommen! Sie hat es gestohlen!"

Jetzt konnte ich das Lachen nicht länger unterdrücken. Ich warf ihm eine große Garnele zu, die er mürrisch beäugte.

„Das ist nicht dasselbe", jammerte er.

Nein, es war nicht dasselbe. Man bekam eben nicht immer das, was man sich vorgestellt hatte, und nichts war mehr so wie früher. Aber wisst ihr was? Seitdem Maggie und Mr. Gable in unser Leben getreten waren, war es *besser als früher*. Ich konnte es kaum erwarten zu erfahren, was das neue Jahr bringen würde.

Wie geht es weiter?
Finde es schnell heraus …

Die Retriever-Rettung **ist jetzt erhältlich.**

Sichere dir noch heute dein Exemplar, damit du direkt mit der Fortsetzung dieser verrückten Krimiserie weiterlesen kannst!

* * *

Und vergiss nicht, dich in Mollys Liste einzutragen, damit du über alle Neuerscheinungen, monatlich stattfindende Verlosungen und weitere coole Aktionen (einschließlich jeder Menge Katzenfotos) informiert bleibst.

**Hole dir noch heute dein persönliches Exemplar und fange direkt an zu lesen.
Katzengeheimnisse.com/abonnieren**

WIE GEHT ES WEITER?

Octocat und ich haben offiziell unseren ersten bezahlten Auftrag an Land gezogen!

Unser Kunde? Kein Geringerer als der frisch gebackene Bürgermeister von Glendale. Denn irgendein verärgerter Wähler hat dessen geliebten Golden Retriever entführt und erpresst jetzt den armen Kerl: Sollte er nicht umgehend von seinem Amt zurücktreten, wird er seinen Hund nie wiedersehen.

Was unser Mandant allerdings nicht ahnt, ist, dass wir auf der Suche nach seinem vermissten Vierbeiner und einem Motiv für diese finstere Verschwörung auch seine Vergangenheit genauestens unter die Lupe nehmen werden!

Wuff, so viel zum Thema Drama!

Glücklicherweise steht mir bei meinen Ermittlungen der weltbeste sprechende Kater zur Seite. Da dürfte ja nichts schiefgehen ... oder?

Hole dir noch heute dein persönliches Exemplar und fange direkt an zu lesen.

Viel Spaß!

Mein Name ist Angie Russo, und ich kann mit Tieren sprechen – das versuche ich jedoch tunlichst geheim zu halten. Ich lebe in Blueberry Bay in Maine, einer hübschen Gegend an der US-Ostküste. Dank meiner besonderen Fähigkeit erfahre ich Dinge, die anderen verborgen bleiben, und deshalb habe ich begonnen, Kriminalfälle zu lösen.

Anfänglich bin ich in so einige Verbrechen mehr oder weniger zufällig hineingeschlittert, einfach weil ich zur falschen Zeit am falschen Ort war. Doch jetzt habe ich beschlossen, mich als Spürnase selbstständig zu machen und deshalb eine Privatdetektei gegründet. Bisher hatte ich zwar noch keine zahlenden Kunden, aber das heißt ja nicht, dass ich keine gute Ermittlerin bin. Oder besser gesagt, dass wir keine guten Ermittler sind.

Wir – das sind mein Kater und ich. Ja genau, der Tiger ist tatsächlich mein Geschäftspartner. Unterstützt werden wir außerdem von meiner äußerst rüstigen Großmutter, deren süßem Chihuahua Paisley, meinem Freund Charles, der als Rechtsanwalt tätig ist, und sogar von einer Handvoll Tiere, die in der Nähe unseres Hauses leben, allen voran Pringle. Letzterer ist ein Waschbär, der in einem luxuriösen Baumhaus in unserem Garten haust und ziemlich süchtig nach Reality-TV-Sendungen ist.

Grandma und Charles können nicht mit Tieren sprechen, und ich habe auch noch nie jemand anderen getroffen, der dieses Talent besitzt. Warum ausgerechnet mir diese besondere Fähigkeit geschenkt wurde, weiß ich immer noch nicht genau. Ich weiß nur, dass ich einen brutalen Stromschlag von einer defekten Kaffeemaschine abbekommen habe, bewusstlos wurde und als ich wieder zu mir kam, hockte dieser Kater auf mir und redete auf mich ein.

Zuerst konnte ich nur ihn verstehen, aber mit der Zeit wurde ich als Tierflüsterin immer besser. Inzwischen kann ich mich mit den meisten Tieren unterhalten, nur bei manchen Arten funktioniert es einfach nicht.

Jener besondere Kater heißt Octavius von und zu, aber ich nenne ihn meist nur „Octocat". Nachdem wir gemeinsam den Mord an seiner früheren Besitzerin aufgeklärt hatten, landete er schließlich bei mir. Und er brachte nicht nur einen großzügigen Treuhandfonds und eine Villa am Stadtrand von Glendale mit, sondern bereichert mein Leben seitdem auch mit unzähligen spöttischen Kommentaren über mich und das, was ich so tue.

Der kleine Tiger hat sogar eine Freundin, eine ehemalige Showkatze namens Grizabella. Sie ist eine echte Himalayan, und die beiden führen eine Fernbeziehung, hauptsächlich über Instagram – über meinen Insta-Account. Sie ist eine reizende und gewitzte Katzenlady, kann aber mitunter auch ganz schön anstrengend sein. Aber, hey, wenn mein Kater glücklich ist, bin ich es auch.

Doch in letzter Zeit gab es für mich noch mehr Grund zur Freude, und Glück im Unglück hatten wir obendrein. Zuerst dieser Elektroschock, der mir Octocat und mein Spezialtalent bescherte, und dann trat, dank Grandmas impulsiver Ader, Paisley in unser Leben. Aber das ist nichts im Vergleich zu der

Tatsache, dass wir kürzlich ein großes Familiengeheimnis lüften konnten.

Mom und ich fanden heraus, dass Grandma uns nie die Wahrheit über die Herkunft unserer Familie erzählt hatte, obwohl sie mehr als fünfzig Jahre Zeit dazu gehabt hätte, reinen Tisch zu machen. Und auch wenn diese Entdeckung anfangs ein Schock für uns war, haben wir nur deshalb überhaupt erst erfahren, dass wir Verwandte in Georgia haben. Und so kam es, das ich in meiner Cousine Mags die Schwester fand, die ich zuvor nie hatte.

Sie kam über die Weihnachtsfeiertage zu Besuch, und wir hatten eine Menge Spaß miteinander, die meiste Zeit zumindest. Nur Heiligabend verlief etwas anders als erwartet ...

Sie kennt mein Geheimnis immer noch nicht, aber ich denke, ich werde es ihr erzählen, wenn wir uns das nächste Mal sehen. Ich hätte es ihr wahrscheinlich sagen sollen, bevor sie wieder nach Hause fuhr, hatte aber Angst, dass sie mich für verrückt erklären und der Rest unserer neuen Familie mich dann gar nicht erst kennenlernen wollen würde.

Ich meine, es klingt schon echt crazy, wenn jemand behauptet, er könne mit Tieren sprechen. Allerdings ist es in meinem Fall auch echt wahr und mein hervorstechendstes Merkmal von allen. Ich kann mir mein Leben gar nicht mehr anders vorstellen, und durch die Tiere ist bei mir immer etwas los.

Und das bringt mich zum heutigen Tag. Es ist noch früh im Jahr, Silvester erst wenige Wochen her, und obwohl ich da normalerweise keine guten Vorsätze fasse, habe ich mir dieses Mal dennoch etwas vorgenommen … nämlich alles daranzusetzen, um unsere Detektei endlich ans Laufen zu bringen. Wir könnten zwar problemlos von Octocats Treuhandfonds und Grandmas Rente leben, aber es ist doch kein Zustand, wenn einem der Lebensunterhalt von der eigenen Katze finanziert wird, oder?

Außerdem besitze ich tatsächlich Abschlüsse in gleich sieben verschiedenen Studiengängen. Wenigstens einer davon sollte ja wohl für einen Job gut sein. Und einen solchen werde ich mir wohl suchen müssen, wenn mein Geschäft dieses Jahr nicht in Schwung kommt. Mein Freund Charles hat mir zwar angeboten, dass ich jederzeit wieder in seiner Kanzlei anfangen kann, doch bei aller Liebe zu ihm habe ich die Arbeit als Anwaltsgehilfin offen gestanden immer gehasst.

Aber ist ja auch egal, denn ich bin fest entschlossen, die Detektei zum Erfolg zu führen. Um aufzugeben, bin ich sowieso viel zu stur. Außerdem kann ich meinen Kater doch nicht im Stich lassen …

* * *

„Hach, ist das aufregend", trällerte Grandma, als wir mit ein paar Bekannten aus Glendale vor dem Rathaus standen, um die Vereidigung des neuen Bürgermeisters mitzuerleben. Sie hielt Paisley im Arm, die fröhlich bellte. Octocat hatte es indes vorgezogen, zu Hause zu bleiben, da er Menschenmengen hasst, und auf sein ewiges Gezeter hatte ich heute überhaupt keine Lust.

Der neue Bürgermeister, Mark Dennison, erschien oben auf der Treppe. Er trug einen feinen marineblauen Anzug mit hellblauem Hemd und passender Krawatte. Mit seinen siebenundvierzig Jahren war er mindestens zwei Jahrzehnte jünger als sein Vorgänger McHenry, ein gestandener Mann und Familienvater. Dennison hingegen war überzeugter Junggeselle.

Kürzlich war er von der Presse auf sein Singledasein angesprochen worden und hatte geantwortet, dass sein treuer Golden Retriever mehr als genug Familie für ihn sei. Außerdem sei es für ihn auf diese Weise einfacher, sich voll und ganz auf seine neue Aufgabe zu konzentrieren, um unserem kleinen Glendale zu neuem Glanz zu verhelfen. Keine schlechte Antwort, oder?

Als Dennison sich nun auf das Podium zubewegte, ertönten laute Buhrufe aus der Menge. Grandma und ich drehten uns um und sahen eine Reihe von Demonstranten, die Schilder hochhielten, auf denen die Absetzung des neuen Bürgermeisters gefordert wurde – dabei war er ja gerade erst im Begriff, sein Amt anzutreten.

„Das ist geschmacklos", zischte Grandma und schüttelte den Kopf.

„Was haben die denn alle gegen ihn?", flüsterte ich.

Sie zuckte mit den Schultern. „Immer, wenn die amtierende Partei wechselt, gibt es welche, denen das bitter aufstößt. Das ganze Land ist ein Pulverfass, warum sollte das in unserer Stadt anders sein?"

Ich wandte mich wieder Dennison zu, der mit starrer Miene regungslos dastand. Armer Kerl. Er hatte die Wahl zwar gewonnen, doch nun wurde ihm dieser Höhepunkt seiner Karriere vergällt.

„Was ist los, Mami?", fragte Paisley und wedelte aufgeregt mit dem Schwanz. Durch ihren ewigen Optimismus schätzte sie Situationen oft falsch ein, und in diesem Moment verstand sie die aufgeheizte Stimmung der Menge nicht. Ich küsste sie auf den Kopf und flüsterte: „Mach dir keine Sorgen, Süße." So sehr ich die kleine Hündin auch liebte, es war anstrengend, ihr ständig alles erklären zu müssen – vor allem, wenn wir in der Öffentlichkeit waren und ich nicht frei sprechen konnte.

„Liebe Bürgerinnen und Bürger von Glendale", dröhnte Dennisons Stimme trotz der anhaltenden Proteste. „Danke, dass Sie mich gewählt haben."

Die Buhrufe und die Forderung nach seinem Rücktritt wurden lauter. Grandma neben mir dagegen juchzte und jubelte, obwohl ich genau wusste, dass sie nicht für ihn gestimmt hatte. Sie lächelte mich verschämt an. „Der arme Mann. Jemand muss ihn doch ermutigen." Also fiel ich in ihren Jubel mit ein.

Für einen kurzen Moment trafen Dennisons Augen meine, und er nickte mir unmerklich zu, bevor er fortfuhr. „Ich verspreche Ihnen, alles zu tun, was in meiner Macht steht, damit Glendale in den nächsten vier Jahren floriert und wir uns hier alle sicher und wohlfühlen können. Ich danke Ihnen." Er senkte den Kopf und verschwand wieder im Gebäude. Bestimmt würde sich Octocat nachher ärgern, diesen dramatischen Auftritt verpasst zu haben.

„Also, das war die kürzeste Antrittsrede, die ich je erlebt habe, und ich war bei allen dabei, seit ich vor vierzig Jahren hierhergezogen bin", meinte Grandma.

„Es wird schon alles gut werden", murmelte ich. „Die Leute brauchen einfach Zeit, um sich an den neuen Mann zu gewöhnen."

Sie sog zischend die Luft durch die Zähne. „Ja, in ein paar Wochen sieht die Welt sicher schon ganz anders aus", antwortete sie dann.

Wir blieben noch eine Weile stehen und beobachteten, wie die Leute reagierten. Einige von ihnen verließen den Platz, aber die Demonstranten schienen immer zahlreicher zu werden und drängten sich noch näher an die Treppe vor dem Rathaus heran.

„Lass uns gehen", sagte Grandma mit einem traurigen Kopfschütteln, und auch ich wollte jetzt nur noch nach Hause.

Hole dir noch heute dein persönliches Exemplar und fange direkt an zu lesen.

ÜBER MOLLY FITZ

Obwohl USA-Today-Bestsellerautorin Molly Fitz genau genommen nicht mit Tieren sprechen kann, führen sie und ihre drei tierischen Co-Autoren oft tiefgründige und lebhafte Gespräche, während sie den alltäglichen Dingen des Lebens nachgehen.

Molly lebt mit ihrem Kind und ihrem eigenen Privatzoo irgendwo in der Wildnis von Alaska. Gelegentlich wagt sie sich hinaus, um ein exquisites Essen zu genießen, einen guten Kaffee zu trinken oder neue Tierfreunde zu treffen.

Erfahre mehr über Molly und ihre deutschen Veröffentlichungen, indem du dich gleich für ihren Newsletter anmeldest:

www.katzengeheimnisse.com

MISS DOLITTLES GEHEIMNIS

Angie Russo hat sich gerade mit dem ersten sprechenden Katzendetektiv von Blueberry Bay zusammengetan. Gemeinsam mit seiner bunt zusammengewürfelten Schar menschlicher und tierischer Helfer ist Octocat fest entschlossen, jede Situation zu retten – solange sie nicht mit seinem persönlichen Zeitplan kollidiert.

Viel Spaß mit Band 1 – **Kommissar Katerchen**

MERLINS MAGISCHE ABENTEUER

Gracie Springs ist keine Hexe … ihr Kater hingegen schon. Jetzt muss sie alles in ihrer Macht Stehende tun, um sein Geheimnis zu wahren, oder sie riskiert, den Rest ihres Lebens in einem magischen Gefängnis zu verbringen. Zu dumm, dass sie den Ärger geradezu magnetisch anzuziehen scheint!

Viel Spaß mit Band 1 – **Merlin findet eine Vertraute**

AGENTUR FÜR PARANORMALE ZEITARBEIT

Tawny Bigfords gewöhnlich zu nennendes Leben nimmt eine magische Wendung, als sie über die Leiche ihrer Vermieterin stolpert und von einer sprechenden schwarzen Katze rekrutiert wird, die Rolle der Verstorbenen als offizielle Stadthexe von Beech Grove, Georgia, zu übernehmen.

Viel Spaß mit Band 1 – **Eine Hexe für alle Gelegenheiten**

DAS GEISTERHAFTE GÄSTEHAUS (MIT TRIXIE SILVERTALE)

Sydney Coleman hat alles erreicht – und doch steht sie irgendwann vor dem Nichts. Gerade, als sie ihr neues Bed and Breakfast eröffnen will, stellt sich ihr ein Geistertrio auf Schritt und Tritt in den Weg. Die Geister bestehen darauf, dass sie den Mord an ihrer Herrin aufklärt, aber Sydney braucht dringend Geld. Wenn nicht bald ein paar zahlende Gäste eintreffen, ist ihre Spukvilla dem Untergang geweiht.

Viel Spaß mit Band 1 – *Mörderischer Mondschein*

VERBINDE DICH MIT MOLLY

Wenn du ebenfalls ein großer Fan von spannenden, schrägen Tierkrimis bist, sollten wir unbedingt Freunde werden.

Wie wäre es, wenn du direkt einmal meine Facebook-Seite besuchst, die ich speziell für meine treuen deutschen Leser eingerichtet habe? Hier der Link dazu:

Facebook.com/Katzengeheimnisse

Oder melde dich für meinen Newsletter an und sichere dir als Abonnent gratis ein digitales Geschenkpaket, einschließlich einer exklusiven Kurzgeschichte über Octocat:

Katzengeheimnisse.com/Abonnieren

www.ingramcontent.com/pod-product-compliance
Lightning Source LLC
Chambersburg PA
CBHW050314110726
47899CB00007B/2240